赵丽宏
· 艺品三部曲 ·

为石头流泪

CRY FOR THE STONE

赵丽宏——著

中国大百科全书出版社

图书在版编目（CIP）数据

为石头流泪 / 赵丽宏著 . —北京：中国大百科全书出版社，2020.9
（赵丽宏艺品三部曲）

ISBN 978-7-5202-0822-2

Ⅰ. ①为… Ⅱ. ①赵 … Ⅲ. ①散文集—中国—当代
Ⅳ. ① I267

中国版本图书馆 CIP 数据核字（2020）第 162429 号

出 版 人　刘国辉
策划编辑　李默耘
责任编辑　李默耘
责任印制　李　鹏
图片整理　周贤能　含　章
装帧设计　周伟伟
出版发行　中国大百科全书出版社
地　　址　北京阜成门北大街 17 号
邮　　编　100037
网　　址　http://www.ecph.com.cn
电　　话　010-88390659
印　　刷　太原日报传媒集团有限公司
开　　本　889 毫米 ×1194 毫米　1/32
字　　数　180 千字
印　　张　8.625
版　　次　2020 年 9 月第 1 版
印　　次　2021 年 1 月第 1 次印刷
定　　价　62.00 元

艺术是什么

——代序

赵丽宏

艺术是什么？这样的问题，艺术家也未必能精确地回答，因为艺术的内涵和外延，实在太丰富了，绝非三言两语所能概括。我查过 2009 年版《辞海》上的"艺术"条目，字数不少，很复杂，不过基本上把艺术的内涵和外延作了解释。《辞海》的词条，应该具有权威性，不妨抄录在此：

> 人类以情感和想象为特性的把握世界的一种特殊方式，即通过审美创造活动再现现实和表现情感理想，在想象中实现审美主体和审美客体的互相对象化。具体说，它是人们生活世界和精神世界的再创造，也是艺术家知觉、情感、理想、意念综合心理活动的有机产

物。作为一种审美性的社会意识形态，艺术主要是满足人们多方面的审美需要，从而在社会生活尤其是人类精神领域内起着潜移默化的作用。根据表现手段和方式的不同，可分为表演艺术（音乐、舞蹈）、造型艺术（绘画、雕塑、建筑）、语言艺术（文学）和综合艺术（戏剧、影视）。根据作品形态的时空性质，又可分为时间艺术（音乐）、空间艺术（绘画、雕塑、建筑）和时空艺术（文学、戏剧、影视）。根据作品的感知特点，又可分为视觉艺术（美术）、听觉艺术（音乐）和视听艺术（表演）。

读这样的概念，我总觉得和生活中的艺术隔着很远一段距离。我想，面对这类理性十足的文字，大概会使很多原本热爱艺术的人也望而生畏。何为"审美主体和审美客体的互相对象化"？什么是"知觉、情感、理想、意念综合心理活动的有机产物"？恐怕越解释越使人糊涂。关于艺术的分类，有道理，但也难以将千缕万脉的分支归纳得清晰而合理。

其实，艺术对日常生活的影响和参与无所不在。在人类发展的漫长历史中，人类的艺术活动和追求大概是贯穿始终的。我们在山洞和崖壁上发现的远古时代的壁画，那是祖先以艺术的方式记载他们的生活和历史，而比这些岩画更早的艺术，我们看不到，但可以想见，先祖们在火光中呐喊、舞蹈、敲打石块和棍棒……那是人类最初表达快乐、痛苦和悲伤的艺术行为。不同时代的艺术，凝聚了不同时代人类的智慧和情感。我想，原始人类在崖壁上刻出的壁画和现代画家的油画没有本质上的差别，古人的石磬、编钟和现代人的小提琴、电子琴的功能也同出一辙，荒蛮时期人们在野外的即兴舞蹈和今天大剧院里演出的芭蕾也属于同类。如果把人类的历史比作一辆长途车，艺术像润滑剂，像车上的装饰和鸣响器，有了这些，这辆车的前行就变得有声有色。随着社会的发展，生活的进步，人类的想象力和创造力也在不断地变化进展，艺术从本能的宣泄演变为文明人类精神生活的必需。生活造就了无数艺术家，艺术家的创造，也丰富美化了人类的生活。当欧洲的莫扎特在穷困潦倒中谱写他那些不朽的美妙旋律时，中国的郑板桥、金农和其他几位"扬州八怪"成员，正在用他们的画笔宣泄愤世嫉俗的激情。他们身处不同的地域，不同的人物，不同的性格，不同的文化背景，创造出不同的艺术，然而时隔二百余年，这些艺术依然在世界上流传，依然在给不同的人群带来欢乐和激情，带来连绵不绝的遐想。艺术打破了时空的界限，使暗淡的人生变得有了光彩。艺术在潜移默化中提升着我们的情趣，扩展着我们的想象力。我想，所谓的想象力，其实很多时候是来自艺术的影响，相信每个人都可能有这样的经验。童年时代，我曾经住在一间漏雨的阁楼上，两天过后，天花板上的水迹，竟使我产生无数奇妙的联想，在有机会参观美术馆，读到那些世界名画的画册之前，天花板上那些变幻无穷的水迹诱导我伸展想象之翼，带我上天入地，使我在凝视和遐想中成为艺术的参与者和创造者。现在，我拥有上千张唱片，可以通过音响设备一刻不停地欣赏我喜欢的音乐，这自然是品尝艺术。但在童年时代，我能回忆起的最美妙的音乐，却是街头和弄堂里小贩的叫卖声和修牙刷修雨伞的吆喝声。将水迹、叫卖声与艺术联系在一起，有点像开玩笑，但这样的联想不是空穴来风，它们源自对绘画和音乐的爱好。伏尔泰说："所有的艺术都是亲兄弟，每一种艺术都能给另一种艺术以启迪。"生活中的情形正是如此。

我不是艺术家，也不是艺术评论家，只是一个艺术爱好者。这几本书，是我作为一个艺术爱好者的体会和感想，其中有对音乐的感受，有对绘画雕塑的欣赏，也涉及戏曲、舞蹈及其他，当然，还有我更为熟悉的文学。这反映了我个人的喜好。如果说人类创造的美好艺术如同一片浩瀚的海洋，我就像一个在海边悠闲踱步的游人，海潮冲上沙滩时，在我的脚背上溅起晶莹的水花。这些水花并不能说明海的浩瀚，却传达了一个爱海者的陶醉和欣悦。我想，这几本书里的文章，不过是几朵水花而已。如果读者能从这些水花的闪动和喧哗中，引起一些感情上的共鸣，从而激起对艺术的兴趣和爱好，对我来说就是莫大的荣幸了。

多年前，我曾经写过一篇短文，题目是《艺术是什么》，我试图用自己的话语，对艺术和人类生活之间的关系作一点描绘，关于"艺术是什么"这样的问题，我的文字无力作答，但它们表达了我对艺术至高境界的憧憬和向往：

人类用智慧、情感和美妙的幻想培育出的奇花异草，使单调平淡的生活充满了诗意。这些奇花异草，便是艺术。

假如生活是一片晴朗蓝天，艺术犹如蓝天上的云霞。它们时而洁白如雪，时而五彩缤纷，时而轻盈如柔曼的丝絮，时而辉煌如燃烧的烈火……如果没有它们，空荡荡的天空会显得多么寂寥。

假如人生是一条曲折的路，艺术就是路边的花树和绿草。大自然的花草会凋谢，艺术的花草却永远新鲜美丽。无论你喜欢浓艳或者淡雅，大红大紫如牡丹勺药，素洁清幽如腊梅莲荷，甚至是野草丛中一束雪青的矢车菊，你尽可以随手采摘，或观其色，或闻其香，或赏其形……一花在手，旅途的寂寞就会烟消云散。

在黑暗的时刻，艺术会在你的心头燃起晶莹而灿烂的火苗，火光里，你憧憬和梦幻中的一切奇丽美妙的景象都可能一一出现，就在你为之由衷惊叹时，艺术悄悄地把你引出了灰色的迷途……

在寂静的时刻，艺术会化作无数闪闪发光的音符，在你的周围翩翩起舞……

在喧嚣的时刻，艺术会化作一缕缕清风，洗涤你心头的浮躁和烦恼……

艺术是一个忠实而又多情美丽的朋友，假如你曾经迷恋过她，追求过她，热爱过她，她就永远不会离开你。当你的朋友们全都拂袖而去时，她仍会一如既往地留在你的身边，在寂寞中为你歌唱，在孤独时伴你远行……

庚子年春三月于上海四步斋

目 录

古希腊人的审美观

　　面对着两千多年前的那些精妙绝伦的希腊大理石雕像，连最缺乏想象力的人也会忍不住惊叹！哦，这么美！智慧女神雅典娜，呈现着各种各样美妙的姿态；银弓之神阿波罗，向四面八方伸展着刚劲健美的肢体；而爱神和美神维纳斯，简直就是爱和美的端庄圣洁的化身；还有那些使人感受到力的搏动的青年武士；那些虽然被冠以神的头衔，却有着最优美动人体态的少女……

　　两三千年了，这些雕像的魅力从来未曾消失过。爷爷们携着孙儿在它们面前流连忘返，等孙儿们成为爷爷之后，依然会带着孙儿再来……这样不知循环了多少代。数不清的血肉之躯在衰老、死亡，这些雕像却永远年轻，永远光彩照人。

　　什么原因？当然应该在雕像身上寻找。

　　你看那些男性雕像，个个都有强壮的体魄，发达有力的肌腱，在他们匀称的躯体和四肢上凹凸着，如同一片波浪起伏的凝固的大海，你能在那些海浪般起伏的肌肉和骨骼中，想象出强有力的优美的运动。他们身上的每一根线条、每一个块面，都表现出男子汉的力量和刚强，表现出勇敢和无畏。你看那些女性雕塑，面部表情都是那么纯真宁静，身体的曲线都是那么柔美优雅，如同原野上那些潺潺清澈的流水，自由自在地、沿着最自然的轨迹流淌着，最美丽最芬芳的鲜花在河畔开放。可以说，她们的身上集中了所有的女性的美。这些雕塑，美得完善，美得圣洁，美得高尚，你无法对它们做什么挑剔，任何挑剔，似乎都会成为对美的亵渎。我想，古希腊的男子和女子，绝不可能像这些雕像一样，都是那么俊美，那么健壮，那么婀娜动人，肯定也会有骨瘦如柴或者大腹便便的人，也会有侏儒和畸形儿，也会有不堪入目的丑女人。然而雕塑家的刀凿远远地避开了他们。

原因大概可以找到了——雕塑家们将人群中的美，全部集中在他们的雕像之中了。正如别林斯基所说："对古希腊人的艺术心灵说来，一切自然形态都曾是同样美的；但是，人是精神的最高尚的容器，古希腊人的创作目光是尽情地、骄傲地贯注在人的美妙躯干和人的美不胜收的形态上的……"这种来自生活的高度集中的美，使得他们的作品成为不朽的艺术奇珍。只要人类对自身形象的审美观不发生变异，这些雕像的魅力和光彩，就永远不会黯淡。

雕塑是这样，其他艺术亦同此理。孜孜不倦地在生活中寻找着美、撷取着美，并且用自己的作品高度集中地表现着这些美的艺术家，他们的艺术生命是长久的。

1983 年 12 月

罗丹的两刀

有人问罗丹："雕塑的诀窍是什么？"

罗丹回答："凿去多余的一切。"

这真是极其精彩、极其精辟的结论，高度概括了雕塑家创作的过程。然而，何为必要，何为多余，这也许要使所有的艺术家反复思索斟酌，甚至苦恼，罗丹自己也不例外。有时候，连人像的双手也成为多余，这似乎不可思议。罗丹用无数心血塑成了巴尔扎克雕像，身披长袍的文豪，高昂着雄狮一般粗犷威武的头颅，傲然面对着污浊的世界，长袍中伸出一双手，一双精细的、有力的、活灵活现的手，这双写出了《人间喜剧》的手，曾使雕塑家花费了很多功夫。然而当有人指出这双手和整个作品粗犷雄健的风格不协调时，罗丹毫不犹豫地挥刀削去了那一双精心雕琢而成的手。这狠心而又大胆的两刀，使《巴尔扎克》成为一尊独具魅力的不朽之作。

罗丹的这两刀，使所有从事艺术创造的人们都得到了启示——为了得到艺术上的完美，必须尽可能地删除一切冗枝赘节。有时候，你花了九牛二虎之力，动了很多脑筋，流了很多汗水，却造就了一些节外之枝，写诗、作文、编戏、绘画，都会遇到这种情形。这时候，不妨学一学罗丹。如果发现赘笔而不愿意删除，那大概永远也成不了第一流的艺术家。

是的，这位大师说得真好：凿去多余的一切。

1983 年 12 月

巴尔扎克
罗丹，1982

加来义民

假如你看过《加来义民》，你一定忘不了那六位走向死神的勇士。

这是罗丹著名的雕塑作品，取材于法国历史故事：1347年，英军围困法国加来城一年之久，最后城中粮食耗尽，被迫投降，英军准备夷平全城，杀绝居民。六名勇敢的市民自愿赴英军驻地，他们脖子上套着绳索，手里拿着城门的钥匙，决心以自己的牺牲拯救全城市民的生命……罗丹把这个悲壮动人的历史故事，凝固成了一座雕塑。他是如何刻画这六位勇士的呢？也许有人会把他们全体都表现得慷慨激昂、义形于色，描绘出六位天神般的清一色的英雄。罗丹却别具匠心地精心塑造出六个完全不同的形象来。是的，六位勇士，有老有少，为了同一个崇高的愿望，一起叩响了死神的大门。然而，面对着敌人和死神，他们的神态却并不一样——有愤怒的，高昂着倔强的头颅，眼睛里燃烧着仇恨的烈火；有冷静的，漠然凝视着脚下的路，像一座凛然的冰峰；也有紧张的，惶惑地摊开了双手，有些不知所措；也有悲哀痛苦的，低垂着脑袋以手掩面，不忍正视前方。也许，前两种神态，在人们的意料之中，而后两种，不是贬低了英雄吗？我以为罗丹是对的。世界上不可能有完全相同的人，有一千个人，就有一千种不同的

加来义民
罗丹，1884—95

性格，即使是英雄也是如此。六位自愿献身的勇士，身份不同，年龄不同，经历不同，对生活的态度不同，当死亡临近时，当然会出现不同的神态。那位低垂着脑袋的年轻人，也许刚刚和慈祥的母亲、心爱的姑娘诀别，此刻，亲人的哭声尚在耳边萦绕，而美好的生命却即将终结，他悲哀了……这有什么不可理解呢！你能因此指责他是懦夫吗！你看他的脚，依然向前迈着，丝毫没有转身逃跑的企图。正因为罗丹塑造了六个各具性格的英雄，塑造了六个有血有肉有感情的活生生的人，《加来义民》才给人一种强烈的真实感，给人一种惊心动魄的美感。听说《加来义民》出现在加来城中时，成群的加来市民都凝视着塑像哭了起来……

记得罗丹说过："在艺术中，只有那些没有性格的，就是说毫不显示外部和内在的真实的作品，才是丑的。"有性格的作品，绝不会浅陋平庸，有性格的作品，才是有力量的，才能感染人；而那些没有性格的作品，必将被人们淡忘。

1983 年 12 月

大禹和大卫

我曾去绍兴，参观了景仰已久的禹陵。在那古老的墓地，竟见到了一尊鲜艳夺目的大禹像。

我做梦也不会想到，大禹居然会是这么一副模样：头戴皇冠，身穿花花绿绿的皇袍，圆头圆脑的胖脸上，露出一种痴憨的表情。这怎么是大禹呢！这位传说中率领人民开河治水、吃苦在先、磨光了腿上的汗毛、三过家门而不入的民众领袖，竟然胖乎乎地穿上了皇袍，痴痴地憨笑着面对前来瞻仰的人群……

这尊糟糕的塑像，破坏了我的情绪。原来怀有的那种庄严神圣的历史感，似乎都流失了。

其实，谁也没有见过大禹，然而大家都觉得他不像！原因很简单：雕塑者缺乏起码的历史知识，大禹的时代还是原始社会，根本不可能有这样的皇冠皇袍；然而这还在其次，关键是塑像丝毫没有表现出禹的气质和风骨——坚忍、顽强、勇敢、聪慧、豁达。这尊花花绿绿的塑像，充其量只能是一个饱食终日、无所用心的昏庸的封建帝王形象。作为一座历史人物的雕像，这是虚假的、不真实的，观者的失望和反感，当然是自然而又必然的了。

由此我想起了米开朗基罗的《大卫》。同样是谁也未曾见过的远古时代传说性的国王，《大卫》却使所有观者为之

惊叹，为之折服。面对米开朗基罗塑造的这个英俊健美、气宇轩昂的青年男子形象，人们觉得他就是大卫，就是那个在孩童时便勇敢机智地打死了来犯的巨人歌利亚的英雄。雕像和传说中的大卫在气质上是一致的，《大卫》的眉宇中洋溢着无畏和勇猛，他的裸露的肌体中透露出不可抑制的力量……

是的，真实，就像一把无情的标尺，衡量检验着所有的艺术品。虚伪的、违背事物本质的艺术，绝不可能有生命力。

1983 年 12 月🍀

◀ p010 ° 大卫
米开朗基罗，1501—1504

空气就这样飘动

以《空气》命题，用刀凿雕刻出一尊雕塑来，你能想象这雕塑是何等模样？

这恐怕是一个难题，不一定人人都能拿出像样的答案来。我曾经以这个问题难过三位朋友，三位想象力都不算贫乏。第一位答曰："一个小男孩，手里抓一只大气球，气球要往天上飞，小男孩拼命按住不放，气球和孩子呈相持状。"第二位主张雕一张大开着的嘴巴，作竭力呼吸状。第三位更简洁：一瘦竹竿，在风中向一边倾斜。三位言罢，都有些得意，我于是出示一张题为《空气》的雕塑相片，三位稍一观摩，便面露愧色了。

这是巴黎杜伊勒里花园里的一尊雕塑，作者是罗丹的学生、法国雕塑家马约尔，一位独具风格的艺术大师。且看他如何表现《空气》：一个裸女，似坐非坐，似躺非躺，四肢自由而又优美地伸向空中，仿佛想去触摸什么，又像被什么无形的柔软的东西托着抚弄着，那姿态，仿佛要飘起来、旋起来、飞起来……粗粗一看，似乎与空气并不相干，稍加联想，便能领悟出无穷奇妙来了——这位美丽的女郎，分明是被活泼而又清凉的空气包裹着，从女郎飘飘欲飞的形体中，你能想象那些看不见摸不着的气流是怎样无拘无束地在飘、在流、在旋转。这是正在运动着的空气，

空气
马约尔

是春天清新的空气，所有的生命都陶醉在它的抚弄沐浴之中，鲜花在这空气中恣意开放，小鸟在这空气中自由翔舞。雕塑家用刀凿雕刻出的这位姿态奇特的女郎，就是在这空气中怒放的花，就是在这空气中飞翔的鸟。她陶醉在空气里，融化在空气里，她就是空气的形象，她就是空气……

是的，马约尔的《空气》使人产生了极为丰富的联想。空气无形无色，谁也无法描绘它的模样，然而雕刻家却巧妙地雕出了飘动的空气。"空气就这样飘动的！"马约尔完全可以理直气壮地向所有的人宣布。

空气可以这样飘，那么，阳光可以怎样流淌？雷声可以怎样疾走？春意如何蔓延？生命如何运动？……这一切，都能诱使艺术家尽情地展开想象的翅膀。有什么不可以表现的呢！世界是如此博大缤纷，人的思想是如此自由多彩。艺术家用自己与众不同的、独特的想法和手法创造艺术，而读者又会用自己的审美习惯和想象力去丰富发展这些艺术。让那些陈旧的、习惯的、蚕茧似的枷锁在自由飘动的空气中粉碎吧，艺术创造的天地是何等广阔！

1986 年 3 月

悲哀种种

斯坦尼斯拉夫斯基看过梅兰芳的戏之后，惊奇地感叹道："他一个甩袖的动作，把一位少妇的悲哀表现得淋漓尽致！"我没有研究过梅兰芳的表演艺术，但我相信这位苏联戏剧大师的眼光绝不会错。甩一下袖子就能表现悲哀，那大概是表演艺术的极高境界了。

文学家表现悲哀或许容易些，环境、表情、千变万化的心理描写、充满性格的细节刻画……写活一个悲哀者，并让读者去如临其境，不能算一件太难的事情。

雕塑呢？我觉得很困难。雕塑家可以雕出一张愁苦不堪的脸，可以让大颗的泪珠停留在脸颊，可以镂出无数因哀伤而出现的皱纹，可以描绘出一双失神的眼睛，可以刻出一张欲说无语的微张的嘴唇……是的，雕塑家尽可以在刻画脸部表情上大做文章。确实也有许多雕塑家作过尝试，如米开朗基罗的《哀悼基督》中的圣母、罗丹的《思》和《欧米哀尔》、多纳泰罗的《圣玛德兰》等。这些形象各异的悲痛哀伤的表情，永远地留在了世界上，留在了人们的记忆里。这是一些无声的悲哀，一些可以用直观感受到的悲哀，一想起这些表情，人们的心情便会沉重起来。

大师们的创造当然是成功的，不过可以断言，那是以无数次的不成功作为代价的。有不少雕塑家试图用类似的

哀悼基督
米开朗基罗

手法表现悲哀，却未能如愿。人们很自然地会在他们雕刻出的形象前感叹道："哦，那不是《欧米哀尔》吗？""瞧，多像米开朗基罗的圣母！"

寥寥几个字的感叹，无异于宣判死刑。看来，人的表情还不那么丰富。

还有另外一种悲哀。米开朗基罗的《晨》《昼》《暮》《夜》，是四尊斜倚在美弟奇教堂墓碑上的人物雕塑，这四个人物的表情似乎并没有流露出悲哀，只是漠然沉思着，似睡非睡，似醒非醒，冷淡和倦慵像雾一样笼罩着他们的面容。然而非常奇怪，面对着他们，每一位观者都会感受到深深的痛苦和哀伤。什么原因？是他们整个躯体的构图——那些无可奈何向下滑落的姿态，那些无力低垂着的头颅和四肢，只有沉浸在极度悲哀中的人，才可能很自然地做出这种姿态。他们许是经历了难以想象的苦难，希望的烛火一盏一盏地在他们的人生旅途上熄灭，他们疲惫不堪，他们厌倦了，他们默默地诅咒着命运，哀叹着生命无情的流逝，哀叹着自己的不幸……间接地表现悲哀，能够使观者得到如此强烈的感受，你能不为雕刻家的精确、深刻和变化无穷的手段折服？

我又想起了美国雕塑家迪奇的一尊雕塑：《哀悼的女人》。那是一个跪在地上的女人，她双手撑地，长发披散的脑袋深深地埋在双臂之间。我们看不见她的脸，看不见她的表情，但她的哀痛和悲伤却表现得那么深刻、那么酣畅，这是使人断肠的悲哀。我们仿佛可以听见她压抑的呜咽，可以听见回荡在她灵魂中的哀号。

隐去脸面，照样能表现悲哀，这真是雕塑家更高明的地方。正如生活中的有些人，常常把痛苦和忧伤挂在嘴上，但旁人却毫无共鸣；而有些人，尽管一声不吭，人们却能在他们的沉默中窥见心灵深处的隐痛。在创作中，尽量曲折间接地表现作者的意图，有意识地留出一些空白，让读者用自己的观察和联想去填补它们（当然，这些空白要留得恰到好处！）。这是极聪明的手段，这类作品的意境深邃丰富，使人回味不尽。

1986 年 3 月

智慧女神

她默默地站在我的书桌上，以平静超然的目光注视着我面前的稿纸。她显然在想她的心事，她的心事远在地球的另一面，在远离我数万里外的另一块大陆上……

她是我从墨西哥带回来的一尊铜像，墨西哥人把她称为"智慧女神"。

在墨西哥城的那个工艺品市场里，她并没有占据过太显著的位置，因为她不算太大，也没有奇特的造型。那些骑马或不骑马的堂吉诃德，那些持矛或挥剑的古希腊武士，那些威风凛凛和雄牛对峙着的斗牛士，那些翩然起舞的印第安女郎，全都要比她显赫得多。当我站在这一大群形形色色的铜像前流连忘返时，陪同我的墨西哥朋友奇怪了：

"怎么，你想带一尊铜像回去？"

"是的，很想。"

"你想要哪一尊呢？"

我在犹豫。货架上的铜像都不错，但它们太笨重，而且价格昂贵，如果想买一尊带回去的话，恐怕要把我口袋里那点可怜的外币花得一干二净，而且回国的旅途，将因此而变得艰难——几十斤重的大家伙，怎么个带法？

"先生，您喜欢哪一尊？"

从货架后面传来一个小姑娘怯生生的声音，我这才发现了这个小铺的主人。这是一个十四五岁的小姑娘，一双棕色的大眼睛执著地注视着我，既热情，又诚恳，像盯着一个熟悉已久的老朋友。

陪我的墨西哥朋友告诉小姑娘："这是中国人，是作家。"小姑娘惊喜地笑了。她毫不犹豫地从那一群使我眼花缭乱的铜像中挑出一尊比较小的，双手捧着送到我手中："您买这一尊吧。这是智慧女神，她会带给您智慧和幸运的，作家先生！"

于是我才发现了这尊铜像——一座带黄色大理石底座的胸像，看样子，像一个全副武装的古代武士，铠甲满身，头戴铜盔，铜盔上有一条瞪眼咧嘴的鳄鱼，铜盔下有波浪形长发垂落披散在肩头，这是唯一的女性象征。铜像的脸部表情平静而肃穆，似乎略含微笑。希腊神话中的智慧女神是雅典娜，在我的印象中，雅典娜不是这模样。雕像的底座上隐约镌刻有一行外文字母"MINERVA"，不知是什么意思。也许，这是墨西哥人对智慧女神的称呼吧。

"作家先生，带一个智慧女神回中国去吧，您会把智慧和幸运一起带回去的！"小姑娘恳切地劝说着，清澈如水的目光中绝无商人的狡黠。

看来这是一个无法拒绝的建议。我花了四千比索，买下了这尊智慧女神，其中包含着一个墨西哥小姑娘美好的祝愿。

坐汽车，坐飞机，飞越美洲大陆，飞越太平洋……铜像终于站立在我的书桌上了。我们相视无言，在沉默中度过了无数个白天和黑夜。我和铜像相处的时间，超过了我和妻儿相处的时间。

智慧女神
来自墨西哥

我的所有诗文，都在她默默的注视下完成。不管是白天还是深夜，她总是以那种平静超然的目光看着我，平息着我的焦躁和烦恼。而我，也看惯了她的模样，连她的一些缺陷，我也都已一一习惯，譬如那高挺的鼻梁略有些歪，一双眼睛也大小不一⋯⋯

　　她已经成了我书桌的一部分，成了我生活氛围的一部分。我几乎已忘记她是智慧女神。一天，一位来自远方的朋友走进我的书房，对这尊铜像大感兴趣。欣赏了半天，他突然问道："这铜像雕的是谁？"听我说这是智慧女神，他不以为然地笑了："智慧女神？你被老外耍了，这哪里是什么智慧女神！"

　　我被老外耍了？我被那个有一双清澈如水的大眼睛的墨西哥小姑娘耍了？我不愿相信事实会是这样。

　　朋友走了，疑问却留了下来。铜像在书桌上依然故我，目光中的平静和超然一如往昔，只见那微笑中似乎多出几分嘲讽来，她仿佛不时在发问：我是智慧女神，你信不信？

　　谁能回答这问题呢？铜像不会开口说话，我也不可能重返墨西哥考证核实。这难道将成为一个铜铸的谜语，凝固在我的书桌上？无意中，目光落在了铜像底座上那行隐约可辨的字母上：MINERVA。这几个字母到底代表什么？我查阅了书架上的《英汉词典》，没有这个词。莫非真是墨西哥民间雕刻家即兴胡乱拼凑成的一个词？

　　我的邻居中有一位老翻译家，精通多国文字，曾将数十部外国著作译成中文。何不求教于他呢？

"MINERVA，英语中没有这个单词。可能是人名。"老翻译家沉吟片刻，翻开了摊在桌上的那部半尺多厚的《英汉大辞典》。

"哦，有了，MINERVA——密涅瓦，罗马神话中的智慧女神，即希腊神话中的雅典娜。"

老翻译家合上《英汉大辞典》，微笑着注视我。我的心头如释重负。那个墨西哥小姑娘没有骗我。

回到书房，我找出《希腊罗马神话小辞典》，翻到了"雅典娜"的条目。条目的内容远比我想象的丰富：

智慧女神，女战神，即罗马神话中的密涅瓦。主神宙斯听他第一个妻子墨提斯说她将生一个女儿，她女儿的儿子将比宙斯强大，宙斯便将妻子墨提斯吞进肚里。当墨提斯要生产时，宙斯感觉头部疼痛，就请火神赫菲斯托斯劈开了他的脑袋，雅典娜全身披戴铠甲从里面跃出。她把纺织、缝衣、油漆、雕刻、制陶等技术传授给人类。她与海神波塞冬相争，因出示第一棵橄榄枝而获胜，遂成为雅典城的保护神。她在无意中杀死了特里同的女儿帕拉斯，为了纪念帕拉斯，雅典娜便改名为帕拉斯，并自称"帕拉斯·雅典娜"。

这样，铜像的头盔和铠甲便有了合理的解释。至于头盔上那条狰狞的鳄鱼，大概属于雕刻家即兴的创造了。不过我还是无法把桌上的这尊铜像和辞典中的雅典娜联系起来。辞典中那个有着惊心动魄的经历和丰功伟绩的女神是难以接近的，她在冥冥之中威严地俯视着人世，她的目光中有睿智也有杀气。而我桌上的铜像目光永远平静超然，那条狰狞的鳄鱼也不能改变她的性格，反而更衬托出她的沉静。倘要在她的身上联想起什么人的话，我只能想起那位墨西哥小姑娘。我的耳边至今还回响着她的声音："作家先生，带一个智慧女神回中国去吧，您会把智慧和幸运一起带回去的！"

1990 年 4 月 30 日于上海四步斋

为石头流泪

　　雕塑是凝固的思想，是立体的音乐，是心灵之花的写照，是跌宕的故事和飞扬的情感在空间的定格。一件成功的雕塑，可以引发出无限遐想。很多年前去四川乐山，坐船在急流汹涌的江上航行，眼帘中突然出现江对岸的大佛，心中的震惊无法用言语表述。古人把巍峨的高山雕成了巨大的佛像，千百年来，这巨佛就这样用平静超然的目光凝视着奔流的江河，凝视着所有前来仰望他的人。当时的感觉，似乎不是面对一尊塑像，而是面对漫长的历史，面对无数默默无闻地用心血和生命创造了历史和艺术的先人。先人用这样奇特的构想和创作，完成了他们理想中的天人合一。在大佛那平静超然的目光凝视下，任何张狂自傲的情绪都被抑制了。很多年来，我一直没有写过关于乐山大佛的一个字，就是因为当时的这种感觉，在这样雄伟博大的雕塑前，现代人的笔墨显得多么轻浮无力。

　　好的雕塑，令人一睹而难忘，犹如欣赏美妙的音乐，在凝视那些出人意料的造型和变化无常的线条时，心弦为之颤动，而且余音绕梁。

　　在墨西哥南方的尤卡坦丛林中，我看到过一尊的玛雅人留下的雕塑，雕塑的材料是当地的普通岩石，用很粗犷的刀法雕出一个巨大的人头，大眼，宽鼻，厚唇，淡然的目光仰视着天空，这目光中似乎没有欲念，但又似乎有丰富辽远的期望。这人头雌雄莫辨，但表情却耐人寻味，站在他面前，你会肃然起敬。我感到雕像仰望天空的眼神似曾相识，像谁？我眼前出现的另一个形象，正是远在几万里外的乐山大佛。乐山大佛平静超然的眼神，和这个巨大的玛雅头像的表情非常相似。这种含蓄的、似乎不明确的表情，其实蕴藏着比某种特定的情绪远为丰富的内涵。这样的表情，必定是出自聪慧而淡泊的心灵，出自灵巧而坚毅的手，出自具有深厚文化底蕴的民族。好多年后，那个玛雅头像还不时出现在我的脑海中，以他淡然幽远的目光凝视我，使我心驰神飞，在作精神漫游时，把遥远的古代和未来，把远隔千万里的莽原、高山和丛林融为一体……而和玛雅头像同时在我眼前出现的，常常是乐山大佛的平静超然的目光。

有些雕塑，我甚至叫不出它们的名字，但它们却固执地在我的记忆中占着一席之地，不肯轻易消失。

好几年前，我在乌克兰的首都基辅街头散步。那是一条蜿蜒起伏的街道，浓密的林荫覆盖着整洁的石板路，路边是一些不起眼的老房子。突然，和我走在一起的所有人都停了下来——挡住去路的，是路边的一尊雕像。在一幢老房子临街的窗台上，雕着一尊人像，一个神情严峻忧郁的老人，雕像除了雕出了他的脸，还雕出了他的一双布满青筋的手，这双手从墙上伸出来，好像要挽留你，要你停下来听他倾诉什么。那双青筋暴突的手，反映了内心的激动，这和拥有这双手的那张严峻忧郁的脸十分吻合。当这样一尊雕像突然出现在你面前时，你无法不停下脚步。雕像下面有文字，有雕像主人的姓名，但是我并不知道他，连陪我们散步的俄罗斯作家也不知道他是谁，只知道他曾经在这幢老房子里住过，在这里离开人间。当时，我没有想到记下他的名字，因为我觉得这并不重要，即便记下来，我还是不了解他。但是，这尊由一张脸和一双手构成的雕像，我却再也不会忘记，他的神情，他的那双从砖石中伸出的青筋暴突的手，给我的印象是如此强烈，我由此联想起生活中很多遭遇不幸并不为世人所理解的人。有多少人看到了他们内心的痛苦和焦灼呢？

雕塑本是岩石、泥土和金属，沉默应该是它们的属性。然而有些雕塑却会发出奇妙的声音，这声音萦绕在沉寂的空气中，使得墓地这样死气沉沉的地方都会充满了生命的歌唱和呐喊。

是的，是在墓地里所见。在圣彼得堡，在涅瓦河畔的一片古老墓地中，埋葬着一群俄罗斯的艺术家，其中有柴可夫斯基，有陀思妥耶夫斯基，有罗蒙洛索夫，有鲍罗丁和莫索尔斯基。墓碑前那些表情庄严的塑像，无法给人留下太深刻的印象。他们使人联想到死者的遗容，因而也阻隔了观者的想象。然而有一位俄罗斯音乐家墓地上的一尊雕塑，却使我浮想联翩。这位音乐家的墓地上没有墓碑，也看不见任何文字。稍稍隆出地面的草地上，站着一个赤脚的牧童，他正在吹笛子。一枝短短的牧笛横在他的嘴边，他的短发和衣衫在风中飘动，他的身体呈一种优美的放松状态，就像古希腊人的竖琴，在青青的绿草上传达出音乐和风的旋律……

　　还是在墓地。那是乌克兰的巴比亚尔，一个埋葬着数十万冤魂的山谷。死者的遗骨填平了深陷的谷地，德国法西斯在这里留下了永远无法掩埋的罪迹。还没有走进山谷，我就看见了那尊巨大的雕塑，犹如一股黑色的云雾从谷地升腾而起，凝固在空中。从远处看，这是一座奇异的纪念碑，你说不清它的形状，但能感觉到它所表现出的悲壮沉重和愤怒的力量。走近了看，才发现这是一组人物的群雕，是一群临刑时的受难者：横眉怒目的军人，痛苦万分的少女，垂死的老人，中弹后倒地挣扎的小伙子，粗犷的线条中蕴藏着强烈的感情。群雕的最上端，是一个怀抱婴儿的妇女，在告别人世的瞬间，她抱紧了自己的孩子，俯身亲吻孩子的前额……惨绝人寰的情景，被这一群用黑色岩石雕出的人物表现得淋漓尽致。这组人物群雕，使我联想到罗丹的《加来义民》，两者有相似之处。但比之《加来义民》，巴比亚尔群雕中的痛苦和愤怒更为强烈，也更为惊

大足石刻

心动魄。毕竟一个是传说中的故事，一个是血淋淋的事实，雕塑家创作时的心情大概不会是一样的。

我又想起了很多年前的四川之游。那次去看了乐山大佛之后，我还到了大足，大足有驰名天下的石刻。那也是一个山谷，暗红色的岩石被古人雕刻成无数佛像和人像，面对着刻满形形色色人物的山崖峭壁，看着石头的雕像用各种各样的目光凝视着你，你会被震撼，会情不自禁地生出很复杂的联想。我以为，在地球上所有先人留下的宗教题材的雕刻中，大概没有一处比大足的石刻更丰富了。宗教题材的雕塑，大多千人一面，人物的表情甚至长相都差不多。而大足雕像却是芸芸众生的写照。佛教的人物和内容完全被世俗化了，雕像的表情，是普通凡人的表情，世间的喜怒哀乐，在这些石头的雕像的脸上都能看到，面对他们，仿佛是面对活生生的人群。我想，雕刻这些佛像的艺术家，可以说是一些大胆的叛逆者和创新者。想到这些石头的生命就这样栉风沐雨地在山野中站立了千百年，我突然感到了历史的短暂。和我同行的一个年轻诗人，对着那些沉默的石像，禁不住失声痛哭。他无法解释他的这些泪水的含义，只是喃喃地对我说："看着他们，我感动，也难过，于是泪水就忍不住流出来。"

我想我能理解这样的泪水。因为，我们面对的，并不是冷冰冰的石头，而是浸透了艺术家泪水和心血的生命。

1994 年 9 月 16 日于四步斋

佛像的美

　　有一次，和油画家陈钧德谈论雕塑，他告诉我，他收藏着一些最美的雕塑艺术品。拿出来一看，我愣住了：竟是一些古老佛像的脸部造型。那是一些端庄沉静的脸，饱满的前庭，挺直的鼻梁，抿紧的嘴唇，细长的眼睛半开半阖，似睡非睡，似醒非醒，你无法明确地断定这是怎样一种表情——是欢乐？是悲哀？是欣喜？是忧愁？是满足？是痛苦？似乎都是，又似乎都不是。然而这表情使人感觉到一种圣洁的宁静，感觉到一种高尚的淡泊。假如你烦躁不安，凝视着这些脸，你会平静下来；假如你心存污浊，凝视着这些脸，你会自惭形秽……

　　画家自有他的理论："这是典型的东方美，在这样的神态中，蕴含着人类所有美好高尚的感情，这些感情，不是赤裸裸地暴露在表面，而是要你去体会，要你去想。这种美，境界要比西方的雕塑更高，米开朗基罗、罗丹、麦尼埃的雕塑，都无法和它比，他们的雕塑，固然将人类的各种感情表现得淋漓尽致，可是'尽致'之后，可以让人体会的内涵便不多了。"

　　他的理论，使我惊诧。佛像，竟然会比米开朗基罗和罗丹的作品还要高明？也许说过头了吧。然而细细一想，画家也确实有他的道理。我想起几年前在四川乐山看大佛

民间的佛像

时的感受。站在高达七十余米的巨型雕像脚下，你会产生出一种神秘感，会产生许多联想——关于历史，关于人生，关于艺术，关于宗教和神话……原因大概不仅因为佛像的高大，更因为他的沉思的含而不露的表情。欣赏艺术品的过程，是一个审美的过程，也是一个再创造的过程。一件好的艺术品，不仅能给人美的享受，还应当激起人的想象和思索。我回想了一下自己所喜欢的一些雕塑，几乎都是如此。刘焕章有一尊雕塑：一位少女，低垂着脑袋，双手掩面，似在思索，似在痛哭，似在回忆什么惊心动魄的往事……雕塑名为《无题》。这无题的少女雕像，曾牵动我无数联想。那尊使全世界倾倒的《米罗的维纳斯》——那个失去了双臂的美丽的女神雕像，她的失去双臂，并不是雕塑家的意图，完全是因为意外的事故，然而却因此而引起了人们更大的兴趣，多少年来，多少人猜测着她原来的模样……雕塑如此，其他艺术亦然，如李商隐的诗、赵无极的画……

高明的艺术家，应该懂得读者和观众的心理，不要把所有一切都表达穷尽，最好留一些东西，让欣赏的人去体会，去想，去根据他们不同的生活阅历和艺术观进行再创造。也许，这就是评论家们常挂在口上的所谓"含蓄"吧。

含而不露、能启发人的想象的艺术，才是真正高明的艺术。

1983 年 12 月

玛雅人

　　十多年前，在墨西哥作家协会主席乌塞因家里作客，他一定要给每个中国作家送一件礼物。轮到我时，他的目光在他的书架上浏览了片刻。"送你一个玛雅人！"他一边笑着，一边伸手从书架的上层取下一尊石头的雕像，"这是从地下挖出来的，有好几百年历史了。你对玛雅文化有兴趣，就让这个玛雅人陪伴你吧。"

　　玛雅，是一个神奇的名词。在南美洲，这个古老的民族曾经创造出灿烂而又奇异的文化。然而在数百年前，玛雅人突然从他们生活的城镇中消失，他们留在荒野中的金字塔和祭坛神庙，成为现代人目光中的奇迹和谜语。玛雅人的雕像，自然就是这种奇迹和谜语的一种最形象的注释了。乌塞因先生赠我的礼物，是一尊半尺高的石雕，造型有点像古埃及的狮身人面像，方形的头冠下，一张表情漠然的脸。脸上，那一对离得很近的眼睛似睁似阖，幽深的目光中，流露出一种神秘的幽怨。宽大的鼻子下面，一张大嘴咧在耳边，似乎欲言又止，强忍着心中的千言万语。这张奇特的人脸下面，却是一个蹲伏着的兽身，这身体像什么，就说不清楚了。石头的色泽像中国的青田石，但比青田石坚硬得多，浅褐色的石质中，浮出乳黄和青灰色的不规则肌理，这些色彩，分布在石像的脸上，就形成了奇异的效果。石像的脸，半边褐色，半边乳黄；石像的眼窝，一只灰黄，一只铁青。看上去，这位古时的玛雅人心绪不佳，他正以不屑的目光睨视着人世。不管面对着什么人，他这样的目光是不会改变的。也许，当年被埋进土里时，他已经料知玛雅人即将遭受的厄运，所以便将这样的表情从古代一直保持到现在。玛雅民族和玛雅文化所有的沧桑和秘密，都封存在他那幽怨神秘的眼神里了。

后来在墨西哥的人类博物馆参观时，我又看到一些类似的玛雅石雕和陶塑，那些在现代人眼里已经成为古董和艺术品的玛雅人像，神态都差不多。有一尊石雕，和我带回中国的那个玛雅人非常接近，同样的轮廓，同样的嘴脸，但是，他给人的印象却是惊愕，是咄咄逼人的瞪视。我立即发现了其中的奥秘，博物馆的那尊石雕的眼睛里，镶着两颗金黄色的宝石。那咄咄逼人的惊愕，原来是宝石的光芒。

挖去了光芒四射的宝石，这石像就变得神秘，变得幽怨，变得深不可测，还有了一点可以引起现代人共鸣的幽默感。

乌塞因先生赠我的那尊玛雅石雕，原来大概也有一对宝石眼珠吧。如果有了一对金黄、翠绿或者血红色的宝石眼睛，乌塞因先生也许就不会把它送给我了。不过，我并不喜欢镶在石像脸上的那对宝石眼睛，在它们逼人的闪光中，幽远的遐想烟消云散，历史感也逃遁得无影无踪。

此刻，在我的书柜里，这尊还带着泥土颜色的玛雅石像，正以千百年一以贯之的神态看着我，他的目光，并没有因为丢失了宝石而显得空洞。

1995 年 8 月 24 日

翱翔在异域

最近，我认识了旅美中国画家郑岳志，他是我熟悉的老作家秦瘦鸥先生的女婿。前些日子，郑岳志夫妇曾来访，在我家谈了他在美国的经历，颇使我感慨。

郑岳志的油画，很大一部分以西藏的自然景色和牧民生活为题材，我看过他的油画的一些印刷品，觉得他画的西藏风情有独特之处。在他的油画中，人、动物和高原美妙的大自然奇妙地融为一体。他的油画画面上一定有阳光，有温暖的色调，即便是那些衣衫褴褛的人物，在阳光下开朗的表情也不使人感到阴郁。这是一个对生活和世界充满憧憬和热爱的艺术家的心情流露，这样的画面使我联想起法国画家雷诺阿的作品。当然，郑岳志的画和雷诺阿完全是两回事，擅画女性的雷诺阿永远也无法领略世界屋脊的风光。不过，不同国度，不同时代的画家，对生活和人生有着相似的憧憬，是完全可能的。雷诺阿在逆境中作画，生活对他严酷而无情，然而他画中的人物总是沉浸在灿烂的阳光中，使人感受到人世的光明。这一点，郑岳志有点像雷诺阿。

郑岳志的经历也不是一帆风顺的。

刚到美国时，他的画并不被人认可。势利的画商们不相信这位名不见经传的中国画家会创造什么奇迹，所有的画廊都将他拒之门外。面对美国人的冷落，郑志岳淡然一笑。他来不及想得更多，他有事情要做，他渴望作画，渴望把萦绕在他心头的那些关于西藏的回忆画出来。他把自己关在一间小小的画室里，默默地、孜孜不倦地画着，他沉浸在自己的世界里。这是一个奇妙的世界，这个世界里，有世界上最蓝的天空，最纯净的流水，最淳朴的表情。这一切，是他在西藏旅行时感受到的，它们铭刻在他的记忆中，成为他永远的财富。他的作品一幅一幅在增加，而堆满油画的画室的空间却因此而一天一天缩小。他不可能在小小的画室里陈列所有的画，只能将它们卷起来，叠起来。如果展开所有这些画，人们将看到一个广袤斑斓的世界，将看到地球上最动人的风景。他画的是离天空最近的大地，在这片大地上，神秘和坦白，粗犷和细腻，辽阔和精微，水乳交融般地交织在一起。他的画使人产生诗的联想，使人的想象之翼高飞远翔，使人在陶醉的同时猛然领悟到，在远方，还有一个没有被污染的纯净的世界。他的画笔把这个世界斑斓多姿地展现在人们的面前。然而没有人到他的小画室里来看这些画，没有人能感受他心中和笔下的激情。一个真正的艺术家，决不会因为孤独而放弃艺术，他经受了一个艺术家必须经受的孤独。作画，使他日渐消瘦，也使他囊中羞涩。就在他开始感到走投无路时，一场大祸从天而降。

一天，他一个人在纽约曼哈顿的一条街道上散步，突然"轰"的一声，他感到刹那间躯干碎裂，肢体四散，包围他的，是无穷无尽的黑暗深渊……一辆飞速行驶的轿车，将他撞到了死神的脚下，他躺倒在异域的马路上，筋骨断裂，伤痕遍体，血流满地。他不记得自己是怎样被送进医院的，也不记得医生怎样对他进行抢救的。醒来时，他看到自己全身都被石膏和绷带包裹着，像一具僵硬的尸体。人们都以为这个昏迷不醒的中国人已经完了，然而他却奇迹般地活了下来。伤愈后，他又以惊人的毅力锻炼，恢复了身体的功能，这场可怕的车祸，除了一些伤疤，居然没有在他身上留下什么后遗症。而有意思的是，在这场车祸之后，他似乎时来运转，渐渐摆脱了逆境。画商们找上门来，要为他开画展。第一次画展就大获成功。他的那些展现西藏风情的油画，使崇尚自然的美国人心驰神往。他的名声，不仅在画商中传开，也渐渐在一些热爱艺术的美国人中传开。美国人中，有了他的画迷。在一些重要的拍卖行里，也出现了他的油画。一位美国医生，竟先后购藏了他的三十余幅作品，医生家的厅堂卧室里，挂满了郑岳志的画，走进他的家，就像走进了郑岳志的画展。他成了在美国获得成功的为数不多的中国画家之一。

郑岳志在美国画画，却并不想以现代前卫的画风去取悦迎合美国人。他认为现实主义的美术风格永远不会失去它们应有的价值，也不会失去生命力。在西方的现实主义画家中，有两位画家在他心里有着崇高地位。一位是17世纪荷兰画家维米尔，在美术史上，维米尔的地位并不突出，但郑岳志倾心于他的准确、细腻和精微。维米尔画的大多是当时日常生活中的景象，譬如著名的《戴珍珠耳环的少女》《花边女工》等，他一生留下几十余幅作品，但每一幅

无声的对话
郑岳志，油画

都是成功的传世之作。维米尔画风的魅力和他的艺术成就，现在正越来越被人们认识。郑岳志喜欢的另外一位西方画家，是美国当代写实主义画家安德鲁·怀斯。在费城，安德鲁幽居于一个小村庄，坚持以他写实主义的风格画人物、画风景，成为举世公认的大画家。六七十年代，美国人疯狂地崇尚现代派画风，而怀斯却不改初衷，锲而不舍地走自己的艺术之路，在他的作品前，人们不得不承认写实主义的魅力。在现代派风靡的日子里，怀斯和美国的现代主义画家们并驾齐驱，分享着成功和荣誉。郑岳志并不想在艺术上重复模仿这两位画家，然而他们的艺术作品，却为这位中国画家的创造和追求增添了更多的信心。

我看了郑岳志这次回国后画的六幅油画，仍然是西藏的题材，孩子、老人、牦牛、马、草原、山峰。画面上的一切都被温暖而明亮的阳光笼罩着，使人产生一种平和宁静的感觉，产生对辽阔纯净的大自然的向往。我观看这些画时，郑岳志在一边默默地站着，不说一句话。对这样的画，无须多作解释，画家已经为我打开了一扇神奇的门窗，我能越窗而入，走进这些画中，使自己变成一只鸟，飞翔在阳光灿烂的大地之上；变成一匹马，驰骋在澄澈透明的天空之下……这就是艺术的魔力。

2000 年 1 月 29 日于四步斋

哲人的目光

　　俞晓夫是令我钦佩的一位画家。很多年来，他一直在油画领域中探索，作品有一种独特的气息和韵味。有些人只是凭一些技巧和小灵感作画，俞晓夫的绘画技巧无可挑剔，但他不满足于传统的绘画方式，他是一个爱思考的画家，作品中总是迸射出与众不同的思索火花，耐人寻味。

　　我认识俞晓夫很多年，也一直关注他的创作。在上海的画家中，晓夫是很沉得住气的一位，他不为汹汹世风所左右，不赶时髦，也不媚俗，坚持着自己的艺术追求，在油画创作领域中独树一帜，形成了鲜明的风格。他把对历史、文学和哲学的思考融入绘画之中，创作出很多非同一般的作品。譬如他的一幅题为《今日早新闻》的作品，画面上一群哲人聚集在一起，陪伴着一个现代年轻人读报，在弥漫的晨雾里，依稀能辨识出托尔斯泰、马克思和鲁迅，还有展翼欲飞的天使，躺在摇篮中的婴儿，乌云翻滚的天空中飞翔着美国的战机……这样的画面似乎有些繁杂，却很深刻地展现了现代生活的喧嚣，也展示了知识分子的困惑和梦想。这样复杂的主题，本来不是一幅油画所能承载的，俞晓夫却用他的画笔传神地表现了出来。他的一些历史人物画，也注重刻画人的精神世界，譬如他画的托尔斯泰、李大钊、吴昌硕、任伯年，都不是照片式的重现，而是融入了他对历史的思索。他描绘的人物，眼睛常常隐匿在阴影之中，画家的笔虽不将眼神直接点出，读者却能感觉到画中人逼视的目光，以及目光背后蕴藏的丰富情感。这是一个值得研究的现象。

我喜欢俞晓夫的画，很想收藏一幅，挂在我的书房里。但是在画廊中看到他的作品，标价都要好几万。现在的画家，不会轻易送画，因为在很多人眼里，那等于送钱。前些时候，我请评论家毛时安转告晓夫，想买他的一幅画。晓夫听说后，这样回答毛时安："朋友之间，只能以画相赠，要么不画。"后来，晓夫给我打电话，说要画一幅画送给我。他说到做到，今天真的看到了他为我画的画。

下午和毛时安一起去上海油雕院，在俞晓夫的画室里，看到了他准

静物
俞晓夫，油画

备送我的那幅画。那是一幅静物，画面上是一些器皿和几何体，中间是一尊哲学家的石膏像。幽谧的光线在物体间流动，使它们重叠成一体。表情凄悯的哲学家在几何体中沉思。在这样的画中，能看到历史留在艺术家心里的影子，能遇到哲人穿透岁月帘幕的目光。晓夫说，这不是应酬画，他是用心画的，以后办画展，说不定还要向我借。我告诉他，我喜欢这幅画，它会挂在我的墙上，陪伴我的写作和生活。

画布上的颜料还没有干。晓夫带我去他熟悉的一家私营画框厂配框，晓夫的油画都在那里配框。画框厂的女老板是一位懂画的行家，她对晓夫的这幅新作啧啧称赞，她说："从来没见过俞老师将这么好的画送人。"晓夫憨厚地微笑着，仔细为我挑选了和画的风格协调的框架，一直忙到晚上七点多。

我想，这幅画，也是晓夫赠我的友谊纪念吧。

2000 年 9 月 4 日于四步斋

生活和自然之造化

　　陆廷是一位执著低调的画家，十多年来一直在自己的画室里默默地画油画，用色彩表现他对世界的观察，对生命的思考，以及对绘画艺术的追求。十年前，陆廷曾经去新加坡办过一场画展，获得很大成功。他当年的那些作品，大多是静物写生，他以扎实的写实功夫，对生活中常见的景物作了精细的描绘刻画，花卉、水果、日用器皿，也有风景和人物。看他的作品，感觉亲切沉静，日常生活中的细节，在他的笔下都衍化成美的景象，让人感叹，也引人思索。

　　我近日有机会看陆廷的一些新作，竟有一些震惊的感觉。陆廷描绘的对象，还是十多年前他画的那些景物，为什么让我产生一些震惊呢？我想了一下，还是因为他表现现实生活的那种执著的精神。感觉他仿佛是用放大镜，真实地放大了生活中的景象，那些寻常事物，因为被他精细的描绘放大，造成了一种既沉静又惊心的效果。水果、水桥、石头，完全逼真的写实，逼真到令人震撼的地步。陆廷对葡萄情有独钟，他画各种各样的葡萄，紫葡萄、青葡萄、金黄的葡萄，他笔下的葡萄，比现实中的葡萄大得多，可以看到葡萄表皮上的细微的毫毛和水雾，可以感觉葡萄透明表皮下饱满的汁液。画面上这些晶莹剔透的巨大葡萄，是一种超乎现实的具象，它们比现实中的葡萄更新鲜，更艳丽，更夺目。这样的表现手法，其实是一种超现实，这也是这些画面让人吃惊的原因。

我相信，陆廷的油画不会过时。不管世事如何变迁，自然界中的很多生命状态会一直保存下来，譬如陆廷笔下的那些葡萄。画家以这些生命状态作为创作对象，貌似写实，其实蕴藏着艺术家的情感和幻想。人们面对他的画，会惊叹大自然的造化，也会感慨艺术家描摹自然的大胆和精心。

2005 年 10 月 14 日于四步斋

紫色的艺术哲思

　　认识黄伟明，是在申窑的画室里。这些年，我常去申窑，看几位画家朋友在瓷坯上绘画，自己也试着在瓷器上写字涂鸦，我喜欢那里的气氛。在那里遇见的，大多是热心艺术的有趣的人。

　　那天，我看见一张陌生的面孔。我去时，他正俯身在一个大瓷坛上，全神贯注描绘着什么，对周围的动静，竟然完全无动于衷。我看了他的画，那是用毛笔画的素描，画面很丰富，有欧洲的古建筑，比萨斜塔，古希腊的神庙，巴黎埃菲尔铁塔，还有比建筑物更大的头像，眉目间，依稀像是达·芬奇和爱因斯坦，神秘的目光正透过粗糙的瓷坯凝视着我，忧伤而迷惘。而那个沉浸于自己的笔墨创造中的绘画者，却只让我看见一个壮实的背影。他终于放下笔，转过身来，让我看到他的脸，脸上淡淡的笑容，带着一点羞涩。

　　朋友介绍，这是黄伟明，《新民晚报》的编辑，在欧洲留过学，爱艺术，热衷油画。到申窑来绘画，只是想尝试一下在瓷器上用彩釉作画的感觉。彩釉绘画如同魔术，必须了解釉色的变化，初绘的色彩经过烈火高温烧制，会发生奇妙的变化，初次尝试，很难掌握其中奥妙。过一段日子又去申窑，我看到了黄伟明在瓷坯上的绘画烧制成形后的样子，他是初次用彩釉绘画，居然有强烈的油画效果，而且色彩艳丽，很有立体感。那个瓷坛上的人物和建筑，烧制釉变之后，是一幅很有现代感的印象派油画。他在一只笔筒上画了一束开花的芦苇，芦花的颜色是浓浓的铁绣红，仿佛在血色的夕照中迎风飘动。我喜欢这些红色的芦花，黄伟明便慨然将这笔筒赠我。初次见面，黄伟明给了我深刻的印象，他聪慧，有悟性，有艺术感觉。

后来，我看到了他的油画。先是看到他的一些油画的印刷品，印在明信片上，画面不大，大多是静物花卉，也有风景。感觉他的作品笔触粗犷，色彩明亮，朦胧中透射出阳刚之风。

再后来，我看到了他的油画原作。看印刷品，和直接观赏画在布上的油画，感觉完全不同。绮丽大胆的构图，艳丽灿烂的色彩，深蓝的天空如同幽深的海洋，房顶和山冈上的阳光如烈焰燃烧，花树和仙人掌火炬般炫目。画中人形体夸张，姿态优雅，也像是天地间奇妙的花树。他的很多作品中，深蓝色和金黄色在同一个画面中形成极为强烈的对比。这使我想起曾在墨西哥和青藏高原见到过的壮丽景观，那里晴空深邃，烈日朗照，起伏坦荡的大地毫无保留地承受着阳光，那种开朗和深沉，令人沉醉，也让人胸襟为之阔大。我知道他不是描绘墨西哥和西藏的景色，但他创造的画面牵动了我记忆中那些印象深刻的瞬间。我想，那些能在不同的观者心里引起不同联想的艺术，才是有意思的艺术。

黄伟明的油画，常常介于写实和抽象之间，画中物体的适度变形和夸张，鲜亮炫目的色彩，使他的作品充满了现代感，尽管他很少在画面中描绘现代化的景象，但他的作品却给人一种强烈的现代感。他喜欢用紫色，淡淡的雪青色，浓浓的深黛色，有时天空是紫色，有时大地是紫色，有时天地万物都笼罩在紫色中。紫色是一种复杂的颜色，红和蓝巧妙的糅合，既高贵，又暧昧，似乎热烈，却又冷静，其中的蕴涵，很难说清楚，所以给人神秘之感。现实的大自然中并不常见紫色，只是在晨霞昏霭的变幻中，在一些花卉的瓣蕊间，可以发现紫色。那些通篇紫色的画面，一定是画家的别有用心，是一种对自然的独特发现和解释。黄伟明喜欢在他的画板上调制紫色，他用各种各样深浅不一的紫色，大胆地描绘自己的心情，表达他的艺术哲思，叙述只有他自己知道的故事。

在黄伟明的油画中，描绘得最精心具体的，是那些鸟，白色的鸟、黑色的鸟、黄色的鸟、黑白相间的鸟、彩色的鸟，它们是白鹭、海鸥、鹦鹉，还有一些他想象出来的美妙的大鸟和小鸟。鸟周围的环境是含混杂色的，而鸟却清晰无比，鸟的翅膀、羽毛、眼睛、喙，都栩栩如生，画家甚至刻画出了鸟的眼神和表情，我可以窥见它们的欢乐、悲哀、惊喜和期盼。在这些作品中，鸟俨然是天地间的主人。当鸟和人物在同一幅画中出现时，鸟和人处于非常平等的地位，譬如《平等对话》和《向左向右》这两幅画，观者通过画面很容易猜到画家的心思，人和鸟是平等的，天地间所有的生灵，都是平等的。我喜欢这些以鸟为主角的作品，他们引起我美好悠长的联想。

黄伟明告诉我，多年前，在威尼斯的一个花园聚会时，他看到很多白鹭在花园里悠闲踱步，人和白鹭亲密相处的景象，使他感动。这样的景象，在当时的中国罕见，很多人心里还留存着从前围剿麻雀的记忆。那时，中国人的心目中，鸟类是人的食物，人们用枪打鸟，用网捕鸟，用毒药杀鸟，所有的飞禽都可以充饥。四十多年前，我还是个孩子，在苏州河畔，我曾经目睹一只自由的鸟遭受的厄运：一只难得在城市里出现的喜鹊，在河堤上悠闲踱步，一个饥饿的船民突然扑上去将它捕捉到手，那是一个面有菜色的女人，她只用不到一分钟时间，就拔光了喜鹊身上的羽毛，一只美丽的大鸟，即刻就变成了一团挣扎着的红色肉球。可怜的喜鹊和那女人注视喜鹊时饥饿急迫的目光，我永远也无法忘记。再看看黄伟明的《平等对话》，画面上，一只神气的鹦鹉和一个优雅的女人，鹦鹉目光炯炯，仿佛正在发问，女人却目光迷蒙，似乎被鹦鹉的问题困扰。鹦鹉得意，女人羞怯，是一次趣味十足的谈心。看黄伟明的这幅画，竟使我想起了四十多年前苏州河畔那一幕，也是鸟和女人，反差是如此巨大。黄伟明很动情地描绘鸟类，是想唤起人们对生命的热爱，是想表现人与自然的和谐，我想他达到了目的。

黄伟明的职业是报纸编辑，绘画只是他的业余爱好。他的业余爱好很多，除了绘画，他还擅长摄影，热衷平面设计和建筑设计，对音乐和话剧也很有兴趣。他说："画画只是我生活的一部分，是一种表达内心的途径，好比一般人写日记一样。"他的这番话，引起我的共鸣。我想，一个人，能找到自己理想的生活方式，并以此来寻求心灵的安慰，描绘自己的梦想，勾勒出理想的境界，那是一种幸福。黄伟明是拥有这种幸福的人。

2006 年 6 月 3 日于四步斋

画出音乐的节奏

——读甘锦奇油画有感

音乐和绘画，其实有着千丝万缕的联系。无形的旋律和音符，可以表达人心中最微妙复杂的感情，也可以刻画天地间的动人景象，在美妙的音乐中，往往会感到文字的贫乏。绘画以色彩和线条构筑世间万象，不管是具象还是抽象，画面中总有情感的起伏律动。音乐化无形为有形，而绘画却常常化有形为无形。两种艺术，虽迥然有别，却殊途同归。

绘画如何表达音乐，展现音乐？甘锦奇走出一条属于他自己的成功之路。甘锦奇的油画，大多表现音乐题材，将音乐和绘画融为一体，给人极丰富的联想。画家抓住音乐家一个瞬间的动作和表情，将它们定格凝固在画布上，譬如指挥大师在乐队前神采飞扬，钢琴家俯身在琴键上如梦如醉，小提琴家挥弓伫立，大提琴家抚弦沉思……这些画面，似乎静止单纯，然而面对它们，我却能感受到音乐的旋律和气息扑面而来。画面中音乐家的形象写实如雕塑，然而他们的周围，仿佛有流动的波浪，有斑斓的光影，有深邃如天空海洋般的蓝色背景。这就完全不同于相片般的写实。这些画面中，有音乐回荡。

如果你是爱乐者，有丰富的音乐记忆，那么，甘锦奇的画能引发很具体的联想，那些音乐会的场面，那些熟悉的旋律，那些震撼灵魂的乐章。指挥手中那根小小的指挥棒，挑起了惊天动地的旋律。甘锦奇的音乐绘画中，指挥的表情是清晰的，他们的激情在眼神中，在舞动的手势里，而被指挥棒调遣指挥着的乐队，在画面中却是模糊的，犹如一支疾驰的船队，乘风破浪，行进在波涛和水雾之中。虚实之间，便有音乐在眼前升腾回旋。

甘锦奇有一幅表现霍洛维兹演奏钢琴的画，钢琴家一边弹琴，一边低头沉思，沉浸在音乐中，也沉浸在他曾经历的漫长曲折的时光里。霍洛维兹是我喜欢的钢琴家，我常常听他弹肖邦和拉赫玛尼诺夫，八十多岁的老人，那双修长灵巧的手，犹如青春的翅膀，在黑白琴键上飞翔。霍洛维兹已去世多年，但他沉静美妙的琴声还在人间回荡，甘锦奇用他的画笔，将琴声定格在画布上。令人遐想。

我见过甘锦奇为大提琴家马友友画的两幅油画，画面类似，却给读者不同的感受。其中一幅画，是深沉的蓝色调子，描绘的是演奏中的马友友。马友友俯身在他心爱的大提琴上，正倾情演奏，他闭着眼睛，沉浸在琴声里，沉浸在对音乐的遐思中，也许是巴赫，也许是贝多芬，也许是德沃夏克。手挥舞，指翻飞，弓弦相吻，天地间只有大提琴在鸣响，琴声裹挟着灵魂，在深蓝色的苍穹飞翔旋舞。另外一幅，马友友坐在舞台上，一手扶琴，一手持弓，却不在演奏，而是面对着画面在笑，那是发自内心欢悦无羁的笑。可以想象，刚刚结束的一场演奏，曾怎样震颤人心，使听众在他的琴声中陶醉。当乐曲的最后一个音符在琴弦上消逝时，音乐却依然在空气中荡漾，在听者心中萦绕，也在演奏家的灵魂中回声不绝。是观众席上轰然而起的掌声唤醒了他，他抬起头来，被听众热情的掌声包围，来不及擦去额头的汗水，粲然而笑。这时，音乐的深沉和激荡已经远去，演奏家在听众掌声的包围中，流露出最本真的快乐，就像一个孩子面对着成功的奖赏。

甘锦奇笔下的音乐题材非常丰富，除了安宁的古典音乐，他也描绘活泼热烈的爵士乐和流行乐，黑人音乐家和他们的小号、萨克斯管、键盘乐。他也画芭蕾，仙女们翩然起舞，裙裾透明，肢体优雅，表情如梦如幻……这些画面中，同样有音乐的律动，似乎难以捉摸，却赏心悦目，引人进入佳境。

一个东方画家，能用自己的画笔将西方的艺术表现得如此传神，也可算是奇迹了。

2008 年 6 月 2 日于四步斋

西方色彩和东方智慧

——关于孔柏基的绘画

　　三十年前，我曾在上海长风公园参观孔柏基先生的画展，它给我留下极深刻的印象。那是一些用油画棒画在纸上的作品。宝石花繁复的花瓣从窗台的花盆中垂落，在蓝紫色的斑斓光影中层层叠叠，热烈中透射着冷峻，缤纷炫目却又让人感觉悠远和深邃。我第一次发现，油画棒竟有如此丰富的表现力，也因此记住了孔柏基这个名字。

　　三十年来，孔柏基先生一直孜孜不倦地探索前行，走出了一条与众不同的独创之道。在宣纸上画油画，这是一个中国画家对油画这一古老西洋画种的革新。西方的笔调和色彩，自由恣肆地在东方的原野驰骋蔓延。在他的笔下交汇融合的，是西方艺术和东方智慧。在孔柏基的画中，可以看到中国绘画和书法的线条，也有中国水墨般的漾动，无拘无束，如流水飞溅，雪雾弥漫，如电光闪射，云气飘漾，它们似曾相识，却面目全新，它们勾勒渲染出的境界，是遥远而亲切的异域情调。古老的城市、街巷、村庄、教堂、桥梁、海滩、山野、河流、园林；缤纷的花卉，千变万化，在幽暗中绽放出耀眼的光彩；也有人物，异乡的男人和女人，现实和幻想中的人物，沉思的、忧郁的、怅惘的、憧憬的眼神……孔柏基的绘画，有梦幻般的色彩和意

海蓝
孔柏基，2006，油画
121.5cm×96.5cm

蕴，画中景象，是现实的叠影，也是梦境的延伸。画家大胆的想象和自由不羁的笔墨，将东方和西方融为一体，也将抽象和具象融为一体。

这些年，孔柏基一直生活在美国。我曾几次和他相聚叙谈，惊异于他内心的宁静散淡和思绪的活泼飞扬，这是一个艺术家难能可贵的心态。我可以想象他漫步于异乡的小路，被周围春夏晨昏的美妙风光吸引，而心里却牵挂叠现出故乡的河山、城市和故事。这两者的叠合，成就了他的灵感。

我不是画家，但我由衷欣赏孔柏基的绘画风格，也与他的艺术感觉所共鸣。他用油画色彩在宣纸上创造的那些奇妙景象，用文字难以描绘重现，但可以用心来感受。我想，孔柏基的绘画之道，可以给从事其他样式创作的艺术家很多启迪。

2008 年 6 月 4 日于四步斋

古　船

　　面对着胡正谷的三幅画，我很自然地写下了两个字：古船。

　　三幅画表现的都是江南的风景：水、树、木船。船是画的中心和灵魂。船形的简洁古朴和画意的幽深静谧，使我情不自禁地想起了一些和这些画的意境极为相似的古诗。

　　譬如，"风鸣两岸叶，月照一孤舟""人游月边去，舟在空中行""野水无人渡，孤舟尽日横""水边春寺静，柳下小舟藏"……古人这些诗意中所共有的空灵和宁静，在这三幅画中活灵活现地被表现了出来。简直可以这样认为，这三幅画是把古人的这些诗融解在色彩和形象之中了。

　　也许是古人留下的吟咏江南水乡的诗句太多，凝视画面，许多情景相仿的诗句不断地从我的脑海中流出来，譬如，"菱叶萦波荷飐风，荷花深处小船通""浮萍破处见山影，小艇归时闻棹声""秋水才深四五尺，野航恰受两三人""春雨断桥人不度，小舟撑出柳阴来""柳花飞入正行舟，卧引菱花信碧流"……诗如画，画如诗，诗中所展现的水、草、花、树和船，与画纸上的描绘何其相似！

　　三幅画中都没有人物，但画中深藏着的却是人的感情，这种感情不仅仅是对大自然的陶醉，不仅仅是对宁静的向往，还有一种深深的孤寂和凄楚。这种孤寂和凄楚，也可以在古人咏船的诗中觅到，譬如，"北风三日无人渡，寂寞沙头一簇船""细草微风岸，危樯独夜舟"……诗中情景交融的情绪，无处不流露出凄凉和落寞，和画意极为吻合。

唐人司空曙有一首咏船的七绝，我以为无须更改一字，恰好是这三幅画的写照。司空诗云：

钓罢归来不系船，江村月落正堪眠。

纵然一夜风吹去，只在芦花浅水边。

妥帖与否，神似与否，读者可以两相对照着细细品味一番。

我做文章并无引经据典的癖好，写这篇短文时，却引用了十余位唐宋诗人的名句。并不是一夜之间改变了习惯，更无意借古人之光炫耀自己，实在是觉得这三幅画精确而奇妙地再现了这些古诗的意境，我想无论怎样笔下生花，也不可能超越这些古诗，所以就不妨"掉书袋"了。

这三幅画均得自江南写生，当画家面对水景在画板上挥动彩笔时，脑海中是否涌起古人的诗句我不得而知，但我确信，画家和诗人在创作的过程中必定是面对过相似的风景，产生过相似的情绪。画家和诗人们生活的时代相距数百年甚至千余年，社会发生了巨变，人们的审美情趣也有了大发展，为什么竟会创作出意境如此接近的作品？我想道理其实极其简单，大自然的美从来不曾因时事的变迁而消失或变化，人类对宁静的向往也从未中断，随着工业现代化的步步进逼，这种向往有增而无减。所以，只要江南水乡还有未受污染的江河湖泊，那么，艺术家很自然又会走进古诗的意境中去。

我相信，再过一千年，这样的"古船"仍然会有不可抗拒的魅力。

1985 年秋

不该湮没的丹青

—— 读邵洛羊《丹青百家》

　　近读邵洛羊先生的《丹青百家》，长了知识，开了眼界，填补了原来认识中的一些空缺。此书介绍了"鸦片战争"以来曾经在上海生活过的一百零六位画家，他们生活及创作的年代跨越两个世纪，可以说是群英荟萃。

　　昔日的海上繁华，不仅仅是由来自西方的高楼洋车、霓虹酒吧构筑而成，翻阅过去的岁月，也能看到一大批中国文化人的智慧和心血凝集在史册中。其中有很多才华横溢的画家，他们的名字，有的还在人们的视线中，如吴昌硕、任伯年、黄宾虹、潘天寿、吴湖帆，还有不少人，差不多已经被世人遗忘，其实他们当年的艺术作品也多彩多姿。中国水墨绘画的博大厚重和优美飘逸，在他们的笔下得到传承和发扬。如果离开他们锲而不舍探索前行的脚印，中国画恐怕无法发展成今天这样的天地。在这本书中，邵洛羊先生介绍了很多现在已少有人知道，其实成就卓著的画家，如曾为《点石斋画报》画插图的吴友如、力主中国画要革新的陈树人、曾编著《中国画学全史》的郑午昌、精于花鸟而有独创的陈之佛、将西画手法融入中国山水的胡伯翔……此书中有介绍林散之的文章，林散之是大书法家，这我是知道的，但在这本书中，居然看到了林散之的山水画，他的山水画也很大气，颇有宋元古意，而画中那些灵动多变的线条，使人感觉这不愧是书法大师的笔墨。黄宾鸿的高足管锄非，自称"明月前身，梅花后世"，画梅花不落俗套，他曾经在人间"蒸发"了几十年，80年代初才重新复出，引起画坛的震动。邵洛羊先生和管锄非有同窗之谊，介绍他的文字中别有一番深情。

邵洛羊先生是国画评论家，也是画家，虽已高龄，但文字中仍包蕴激情，将画坛的这些几乎被湮没的宿将和他们的作品介绍给现代人，他做了一件很有意思的事情。这本书由上海辞书出版社出版，图文并茂，印制精美，值得爱书者收藏。

1986 年初春❀

黑暗中的花

在中国，一个艺术家突然消失或者突然复出，已经不是什么新鲜的事情。

20世纪三四十年代，章西崖是中国画坛上一位引人注目的年轻画家，他的版画和漫画在当时为很多人所喜爱。和当时许多追求进步的艺术家一样，章西崖以他的刀笔加入了抨击黑暗、讴歌光明的斗争。然而作为一个有才华的画家，他也从未停止过对艺术个性的追求。他的版画作品中，既吸收了西方版画雄浑深沉的风格，又融进了中国江南细腻柔雅的情调，在人物造型上适度地夸张变形，使他的创作显示出独特的风格。50年代初，章西崖的名字突然从所有的印刷物上消失，一个才华横溢的画家，一下子消失了，而且一消失就是三十余年。四十岁以下的人大概很少有人知道中国曾有位名叫西崖的优秀画家。1984年，章西崖的冤案才得到平反，这时他已是一位年近古稀的老人了。

然而章西崖的艺术生命并没有随着他的名字的消失而终结。在遭受不公正待遇的那些岁月中，他一直没有放下手中的画笔。没有人注意他的创作，没有地方发表他的作品，但他还是不停地画，画笔和色彩是他最忠实的伴侣，作画，已成了他生命的需要。当他重新返回画坛时，人们看到的是一位风格全新的中国画家。那些画在宣纸上的工笔重彩，表现出一种与众不同的情调和意境，他画花卉、画山水，也画人物，画面大多幽谧安详，深沉的青蓝色是

丽宏同志惠存
西厓四十年代旧作，東邪抄奇千沪上

扰
西厓，版画

这些画的基本色调。这种基调既反映了他被冷落时那种淡泊宁静的心境，也表现了他对生命对生活的热爱。虽历尽劫难，但爱美之心却有增而无减，对一个艺术家来说，这实在难能可贵。他曾经画过几幅绣球花，以天蓝和雪青为基调的画面中所展现的高超技巧和清新典雅的气氛，使我惊叹不已。夸张和变形仍然是他作品的特点，再加上装饰意味极浓的构图和用色，使他的作品充满了现代气息。有人说他的画像水彩画，有人说他的画像日本画，而章西崖的观点很明确：这是中国画。当然，这是独树一帜的中国画，它只属于章西崖而不属于别人。

前不久，我曾接待台湾的一批文化学者，临分手时，其中一位老先生几乎是自言自语地问道："有一个名叫章西崖的画家，不知还在不在？"当听说我熟悉章西崖时，他激动得几乎要跳起来。他告诉我，40年代章西崖去台湾时，曾赠他一幅版画，他挂在书房里直到今天，几十年来一直引以为珍。这几年他曾两次回大陆，始终打听不到章西崖的下落，甚至以为他已不在人世。后来，我把这位老先生留下的信转交给章西崖先生时，他淡然一笑道："哦，还记得我。"

记得西崖先生的，当然不仅是台湾的这位老先生。因为他当年那些优秀的版画，至今魅力犹在。而更重要的是，他的艺术并没有停留在三四十年代。现在章西崖的画又开始被人们重视起来。当然，在一些以价取人的势利者眼中，他大概不是什么大画家，他的画也不可能产生轰动效应。但我相信，历史终会对他做出公正评价。

1990年9月13日🌀

人格的凸现

艺术作品是艺术家的精神之树、心灵之花。艺术大师，能自由地将自己的精神世界和心灵活动描绘成与众不同的灿烂画卷。在这一点上，我很羡慕音乐家，也羡慕画家。有些用文字难以表达的思想和感情，用音符和色彩，可以宣泄得千姿百态、淋漓尽致，使人叹为观止。欣赏大师们的音乐和画作时，我常常感叹文字的枯涩和贫乏。看程十发的画时，我便会产生这样的感慨。

很多年前，有一次我和十发先生一起去崇明岛，一路上，多次观察他作画，看他兴之所至，在雪白的宣纸上画文静的麋鹿，画斑斓的雄鸡，画粲然怒放或者含苞欲吐的花卉，画姿态优雅、神情娴静的美丽少女……作为中国画的大师，程十发在艺术的表达上已经进入了自由的王国，他似乎是不假思索地挥笔泼墨，出现在纸上的线条和色彩，却无不传形、传神、传情。看他作画，是一种享受。在中国的画坛上，十发先生是个性鲜明、风格独特的一位，在他那些色彩明亮的作品中，凝集着大千世界的万般清新和生机，凝集着生命健康的色彩和活泼灵动的风姿。面对着他的作品，我感受到一种温暖的春天气息，感受到一种烂漫的青春气息，感受到一种童心的魅力。在中国画中，很少有画家使我产生这样的感受。在那次漫游崇明岛的旅行中，我曾经和他一起，在他当年被"流放"的荒滩上散步，

硯宏諸人法訓也寅仲春程十发

少女和鹿
程十发，国画

一起参观他当年住过的破旧草棚。这样的旧地重游，引发的应该是沉重黯淡的情绪，程先生只是淡然一笑。事后，当他面对画案挥毫作画时，出现在他笔下的并不是悲苦和怨恨，而是对世界和人生的美好憧憬，这使我深受感动。我想，这是一个胸襟辽阔的艺术家之人格和性格自然而又真实的流露。透过他作品优美动人的表象，我看到的是一位历尽人间沧桑的大画家对生活、对生命真挚的爱和激情。这样的爱和激情，对艺术家来说是多么珍贵。如果没有这样的爱和激情，绝不可能创造出伟大不朽的艺术。国画是平面的，然而我却常常把那些感动了我的画看作是立体的浮雕，因为，在平面的图像之中，能看到画家凸现的人格。在程十发的作品中，我就感受到了他那善良博大而又生机勃勃的人格魅力。

程十发的艺术，使我想起了莫扎特，这位把感情转化为美妙旋律的音乐大师，即使是生活中的苦难和曲折，他也可以把它们化作天使般的声音。不管世事如何沧桑变迁，不管艺术的流派如何风云流转，谁也无法否认莫扎特作品的艺术价值，因为，从他心中流出的美妙旋律永远会在崇尚美的人类心中引起共鸣。对画家来说，也是同样的道理。我相信，不管人们对美术的审美需求发生多么大的变化，像程十发这样的画，生命力永不会消失。和莫扎特的音乐一样，程十发的画中流露的爱和激情会在人心中引发共鸣。在喧嚣烦躁的市井声中，欣赏程十发的画，总能获得一份美妙的宁静，从而引起对生命的许多美好的联想。对一个艺术家来说，还有什么比抵达这样的境界更为成功呢？

1995 年 4 月 11 日于四步斋

激情的哲思

　　静夜，无风，无月，一个人独对青灯，然而思绪却如同展翅的鹏鸟，在辽阔的天地翱翔飞舞，眼前不时闪过奇异美妙的景象：忽而是朦胧的江南烟雨，忽而是峻拔的北国高山；清澈的溪涧在山谷中蜿蜒，晶莹的月光在荒野里流动。亿万年的古岩，化作了表情庄严的脸，沉静的目光正穿越无穷时空，审视着现代人浮躁的灵魂……

　　这是我读了浙江画家杜巽的山水画册后产生的遐想。在我的印象中，杜巽是一位擅画人物的中国画家，我曾见过他画的人物，有独到的个性和功力，想不到他也能画出如此多姿的山水。杜巽是江南人，他在画册的自述中有这样的自白："少年时代在故乡宁波东钱湖旁的一个山村里读书樵牧耕作，自幼对江南水乡的田园风光有着天生的眷恋之情。"他用画笔描绘江南风光时，饱含着对家乡的感情，那种湿润温馨的气息从画页中扑面而来。在他的作品中，无论是小桥流水、桃云柳烟，还是湖波帆影、古树老村，都画得空灵而朦胧，有一种淡淡的惆怅，一种梦幻般的情调，可以感受到画家对故土、对童年往事的怀恋。如果这本画册的内容仅此而止，那么格局大概还不能算大。然而画家的感情并不局限在江南的山水，他的视野，飞越千山万壑，绘北国，画异域，为人们展现了和江南山水完

吴哥窟
杜巽，国画

全不同的景象。使我感到惊奇的是，在描绘粗犷雄峻的北国风光时，尽管客观景物的反差那么大，但他却依然能保持自己的风格，在雄浑中见细腻，在冷峻中见热情。细腻的笔墨，画出了气势阔大的景象，使人在惊叹自然的雄奇时，也感慨艺术的气象万千。值得一提的是，他画异域风情的几幅画，如梦如幻，使人产生无穷的遐想。合上画册，我的眼前还浮动着吴哥窟石像们那种幽远神秘的目光。

　　杜巽的画册中，没有一览无余的浅薄。在形形色色的山水中，不仅能感受到画家的激情，也能体味出他深沉的哲思。这是一个经历了风雨坎坷、阅遍了人世沧桑的现代人对自然、对生命、对历史的思索和憧憬。这些用色彩和线条表达出来的思索和憧憬，要比概念化的文字动人得多。这和文学创作其实是同样的道理，仅仅有技巧和激情，没有独特的哲思，很难写出深刻大气的作品。我想，这是我为什么会喜欢这些画的更深层原因。

　　　　　　　　　　1995 年 4 月 21 日于四步斋

风雪中盛开生命之花

　　20 世纪的中国，历尽沧桑，国运沉浮起落，民气跌宕徘徊。这样的时代，对艺术家来说，既是艰难时世，也是峥嵘岁月。很多有才华的艺术家因为环境，因为生活，因为各种各样人为的因素，在艺术的道路上半途而废。也有的人，原本就把艺术当作叩开名利之门的敲门砖，当发现这块敲门砖并不能敲开名利之门时，他们就会将艺术随手抛弃。而真正的艺术家，把艺术看作生命的一部分，只要一息尚存，他们便不会停止对艺术的探索和追求。他们在动荡中求索艺术的真谛，在困苦中追寻人生的妙境，他们不为生存环境的险恶而颓丧消沉，不为个人命运的曲折而萎靡不振，艺术的理想对于他们如同隐匿在乌云背后的太阳，尽管会长时间被黑暗笼罩，然而他们最终将拨开乌云，让灿烂的阳光洒满他们苦心耕耘的园地。正如雨果所说："艺术的大道上荆棘丛生，这也是件好事情，常人都望而却步，只有意志坚强的人例外。"

　　画家管锄非，就是这样一位意志坚强的艺术家。

　　我知道画家管锄非这个名字，是在 20 世纪 90 年代，那时，他已经是一位 80 岁出头的老人。我是先听说他的经历，再看到他的画的。管锄非的经历有传奇色彩。30 年代，他在上海美专求学，是国画大师黄宾虹的得意门生。黄宾虹曾预言："管锄非不成名则已，成名则为大家。"离开学校后，他的很多同学，成了画坛名家，成了名扬海内外的艺术大师，而他却几乎销声匿迹，有人甚至以为他已经不在人世。那么，这几十年中，他在哪里？他在干什么？他为什么会失踪？这个秘密，直到90年代初才为世人所知。在这几十年中，他历尽了令人难以想象的人间苦难，这种苦难，是肉体的，也是精神的。他蒙受过巨大的冤屈，失去过宝贵的自由。在喧嚣的人群中，他受过"批斗"，遭过白眼；在无人的荒野破庙，他忍过饥，挨过冻。在最困难的岁月中，屈辱、孤独、贫穷和饥寒结伙将他包围，然而他却没有绝望，因为他有一个忠贞不渝的朋友，这个朋友便是艺术。在崎岖的旅途上，在孤苦的困境中，他从来没有放下过手中的画笔，从没有停止过对绘画艺术的追求。他把艺术当作了人生的目标和生命的动力，艺术的光芒照亮他那灰暗凄凉的生活之路，使他最终走出了命运的沼泽。当他的画展奇迹般地公诸于世时，人们看到的是一位胸怀博大、超凡脱俗的国画大家，他笔下出现的万千气象使人们沉醉。他的作品所展示的景象，不仅是大自然的旖旎风光，也是一个百折不挠的艺术家美妙的心灵境界。管锄非对梅花情有独钟，他的作品中，最多也最引人入胜的，是梅花。他画的梅花，从那些苍劲枯涩的枝干中，可以感受生命的多灾多难和顽强不屈，从那些轻柔烂漫的花朵中，却又使人惊叹生命的美丽莹洁。历尽风雪寒霜和劫难困苦，最终开出高洁繁茂的花朵，这些梅花，正是画家坎坷人生和艺术生涯的写照。

梅花
管锄非，国画

我不是专业美术评论家，无法对管锄非的绘画艺术作出权威的评价。但我相信，在中国的美术史中，管锄非的画自会有属于他的恰当的评价和地位。我也相信，一个将毕生的心血和感情倾注于笔端的画家，一个真诚地用画笔倾诉了对生命和大自然的热爱的画家，他的作品一定会有生命力。既然灾祸和磨难未能将他那崇尚美的个性湮灭，既然流逝的岁月未能将他的艺术才华淹没，那么，世俗的偏见和功利的砝码也无法贬低他留给世界的丹青，无法否认它们的艺术价值。

管锄非先生生前曾和我有过一面之缘。那时他虽已年过八十，却是鹤发童颜，言谈举止中时时流露出活力和朝气。听他谈经历时，我的心灵为之震颤。然而他的神态平静，语气恬淡。他对我说："人世多变，人情无常，而自然的规律却是永恒的。我能活到今天，画到今天，也是大自然对我的厚爱。"他的这些简短而蕴含深意的话背后，该有多少滴血含泪的故事作为注解。我曾想，如果把他的经历告诉人们，一定会使人们更热爱艺术，也更热爱生命。

1996 年 4 月 10 日于四步斋

风雅室内乐

读画，和读书一样，是陶冶性情的一种方式。

在中国的画家中，广东的澄子（赵澄襄）或许可算是独树一帜的一位。多年前，我看到她的剪纸，很为她那种雅致精巧却又充满生活气息的风格惊喜。她的剪纸，从民间吸收了丰富的营养，又融入文人的情趣，初看似曾相识，细看便觉得不同寻常，其中有淳朴的乡风，也有现代人的意趣，清新通俗，耐人玩味。对民间艺术，取其形式，赋予新的精神和内容，我想，这是一个聪明且具有创造力的艺术家之作为。

后来又看到了她的国画，依然使我觉得新鲜，而且依然似曾相识。为何似曾相识？像什么？我想了一下，答案很简单，她的国画，从她的剪纸中脱胎而来。题材类似，构图类似，作品的意韵也类似。然而，这种类似又不是简单的重复，将剪纸转化为国画，需要技巧，也需要想象力，更需要创造力。相比她的剪纸，澄子的国画色彩更斑斓多彩，韵味也更丰富悠长。我所说的这种似曾相识，其实只是对熟悉澄子作品的人而言，如果没有见过她以前创作的剪纸，那么，这些国画必定能给人全新的印象。

澄子的国画描绘的是日常生活的景象，常常是厅堂一角，书房一隅。画面上，只是一扇窗，半面屏风，一张茶几，数把椅子，一只花瓶，两盘蔬果，一盏灯，几卷古书，

茶香
澄子，国画

茶香

丁丑年清明

一把茶壶，三五杯盏，一只休眠的猫……这些，就是构成她的作品的素材。静物，普通的生活用品，组合成色彩斑斓的画面，飘溢出温馨的气息，使人感到一种宁静，一种无法言传的优雅。这些作品，描绘的都是室内的环境，没有阔大的场面，更没有慷慨激烈的旋律，却同样令人心驰神往。如以音乐作比，这些画不是气势恢宏的交响乐，也不是旋律多变的协奏曲，而是弦乐独奏，是温文尔雅的室内乐。有人将之比为中国的丝弦，那当然更为妥帖，因为，这些画，表现的是中国人的日常生活，是最纯粹的中国情调。画中虽无人，然而却能使读者面对着画面联想起生活在这些环境中的人物。这是些什么样的人物呢？是安祥和善的老人，是安娴文静的少女，是对一切都心怀好奇的孩童，是相信"宁静致远"的书生。这些静物的拥有者，是平民百姓，是读书人，他们有平和达观的性情，对生活和艺术充满了情趣和热爱。我想，澄子大概也是拥有这种心情的人，否则，怎么可能画出这样的作品。

欣赏澄子的国画，会获得一份好心情。你不妨设想自己就是这些画面中的主人，倚靠在古老而舒适的木椅上，翻阅一卷有趣的古籍，这时，午后的阳光正从窗外斜射进来，拂照着青花瓷瓶中几枝含苞欲放的莲花，清馨的茶香和淡雅的花香交织在空气中，无声地把你笼罩……无人的画面，正好为读者的想象提供了自由的空间。在人心浮躁的生活中，能走进这样温馨祥和、诗意盎然的画面，是一件美好的事情。相比那些有人物出现的作品，我更喜欢无人的画面，喜欢那种能激发想象的空灵和恬静。

澄子偏爱中国的明式家具，明式家具经常作为主角出现在她的作品中。明式家具那种简洁流畅的线条，端庄而又不乏活泼的造型，清瘦，文雅，方正有格，仿佛是风骨高雅的古代文人塑像。这样的形象，大概符合她的审美观。当初她创作剪纸，就经常用剪刀将这些明式家具剪得姿态绰约，变化多端。而在她的国画中，这些明式家具被表现得更为活泼传神。

也许有人会说，这样的国画，格局太小，视野太窄，没有气派。对这样的议论，我不以为然。艺术家的风格，取决于他的性格学养，也取决于他的生活经历和兴趣爱好，艺术价值的高低，不在于作品格局和气势的大小，而在于它们是否真正传达出人类心灵对美的感受。澄子的国画，使我想起了唐代的女诗人薛涛。薛涛的诗作没有磅礴的气势，大多是小格局，风花雪月，很个人的悲欢感叹，然而她却也不失为一个有独特个性的优秀诗人，她的诗，可以和李白杜甫，和王昌龄岑参他们的作品一样，流传于世，被当时的读者喜欢，也被后来的人们接受。薛涛也擅长丹青，她当时绘制的一种水印笺纸，被人称为"薛涛笺"，深得文人雅士的喜爱。我没有见过"薛涛笺"，不过我相信它们大概和薛涛的诗一样，充满了温婉的艺术气息。将澄子的画将薛涛的诗类比，也许牵强，我要表达的意思是：只要艺术家有自己的独特语言和表述方式，只要他们在自己的作品中表达了真性情，只要读者能通过他们的倾诉感受到美，感受到对生命和生活的爱，那么，他们就是成功者。在这一点上，将澄子和薛涛类比，大概也无不妥吧。

1999 年 10 月 31 日于上海

文人情怀

林琴南是中国文人中很独特的一位，他不懂英文，却是第一个把大量世界名著翻译成汉语的翻译家。直到现在，还有不少人津津乐道地谈起林琴南用文言文翻译的外国小说，很多老一辈文学家都是读林琴南的译文才开始了解西方小说的。说他是中国文学翻译的开山鼻祖，大概不是夸张之辞。

林琴南也是画家。前几年我乔迁新居，有朋友送我四幅林琴南的水墨画。这四幅画，是颜色发黄的绢本，画的是山水，绘画的风格在写意和写实之间。它们挂在我的客厅里，天天向我展示着一位上一个时代文人的风雅和情致。

四幅画中，我最喜欢的那幅画的是枯树怪石。画面上，一块巨石耸立，如地下升起的一团浓烟，又如蹲伏在山巅的一头异兽，石下横出一棵老树，枝干虬曲，枝端分出三叉，枝头无一片树叶。也许画的是冬日景象，这枯树，到春天是会发芽长叶，生出葱茏树冠的，但此时它确实是一棵枯树。树下有一个草亭，筑在山巅的平台上。画中无人，是一番清寂萧然的境界。林琴南在画面的左上方题词曰："空亭老树似有墨井风致。"落款为："畏庐林纾。""畏庐"是林纾的书斋名，在当时，这也是中国的文人们熟知的一个斋名，它也成了林琴南的又一个别名。

林琴南，水墨画

第二幅画是春景。湖岸曲折，杨柳婀娜，可以感觉柳丝在微风中的飘荡。林琴南在画的右上方题了一首七绝："十四年中过御河，杨花阵阵水微波。秋来满眼伤梅落，愁比涵元殿里多。"诗中没有咏春的意思，却写到了秋天。但画中流露的，分明是春天的气息。

另外两幅虽然画得热闹，但稍显拘谨。一幅是庐山风景，画中有山，山上有松树，山下湖波中有游人泛舟，也有一首题画七绝："昔年湖上过庐山，不到开先鼓楼还。收得丹青入诗梦，水声长在枕头间。"诗比画更有意思。最后一幅，画面上一山兀立，山顶有修竹茂林，山后是万顷湖波，湖上两叶白帆飘然若翼。画上的题词是："爪步江空，秣陵天远。"还有一段小字："苦瓜僧用意若余何仿之终恨其不能遍肖也。"这似乎是模仿苦瓜和尚的画意，但据我看，和苦瓜和尚的画没有多少关系。林琴南这样的富有创造才能的文人，想来也是不甘模仿他人的，即便是临摹，也一定会画出自己的心境来。

四幅画的落款各不相同，除了"畏庐林纾"，还有"畏庐纾""畏庐并记"。

2002 年 4 月 24 日于四步斋

墨荷灵动

曾听到这样的议论，齐白石之后，中国的大写意画家中没有一个人能和崔子范相比。我对当代的中国画没有太深的研究，但崔子范的画，我确实很喜欢。崔子范爱画荷花，常常以浓墨绘荷叶，有时画面一片乌黑，但黑色中嫣然绽开一朵红荷，红与黑互相映衬，画面鲜亮耀眼，使人联想起盛夏时节的荷塘景色。他以焦墨画的花鸟，用笔极其简练，却生动传神。有时觉得崔子范有点像齐白石，但比较他们的画，又发现其实并不一样。同样是水墨，齐白石的画飘逸湿润，而崔子范的画却凝重枯涩。齐白石画得最出色的是虾，他用淡墨将游动的虾画得透明而且栩栩如生，在宣纸上把虾画得如此神奇逼真，大概可以说是空前绝后。而崔子范更爱画荷，他的荷叶几乎是将不掺水的浓墨泼洒在宣纸上，大胆得惊人，在他之前，还没有见过有谁如此画荷。

我收藏有崔子范的一幅荷花图，画面上两片荷叶，一枝莲蓬，一朵荷花，荷叶没有用浓墨来画，而是淡淡的绿色，那枝莲蓬是浓浓的焦墨，而荷花则是鲜艳的红色。荷叶上有一只虫子，正晃动着触须在爬动。整幅图画，给人一种水雾漾动的感觉。和齐白石的同类作品相比，那只昆虫画得不够细致，却也灵动有神，而且和整个画面显得协调。看崔子范的这幅画，使我向往"万类霜天竞自由"的大自然，也使我感慨国画的魅力和艺术家丰富多变的表现手段。

2002 年春于四步斋

莲荷图
崔子范、国画

红烛和鳜鱼

  鲁光是我的老朋友。当年他曾以报告文学《中国姑娘》名满天下，是一位知名度很高的作家。20世纪80年代中期，他是《中国体育报》的总编辑。那一年，他在浙江新安江组织了一次笔会，参与者是一批对体育题材报告文学有兴趣的作家。在那次笔会上，我发现鲁光对国画颇有兴趣，本来是写作的笔会，但只要有空，他便铺开宣纸挥笔作画。我们还合作过几回，我画竹子，他画鸡雏。我发现，他虽然没有多少绘画的经验，却落笔不俗，在宣纸上挥毫落墨时胆子极大。我少年时代有过一点绘画的经历，但面对画桌，决无鲁光的气魄和胆量。后来才知道，原来他曾向国画大师李苦禅学过几手，所以能在宣纸上画小鸡，画鲇鱼，他的大胆并不是鲁莽和瞎蒙，而是有来头的。看他只寥寥几笔，便能画出鲜活的生灵，很有一点大画家的派头。

  原以为鲁光只是画着玩玩，没想到他还当了真。渐渐地，我发现，鲁光文章写得少了，画却画得越来越多。他不仅画鱼和鸡雏，也画牛、画花卉、画山水、画故乡的村宅，画得拙憨而大气，泼墨淋漓中，荡漾着灵动睿智的气息。他发表的文章，也大多和绘画有关。他居然还拜北京的国画大家崔子范为师，正儿八经的画起了大写意国画。90年代初，有一年收到鲁光寄来的一本挂历，挂历里印的

水牛戏月
吴山明，国画

是他自己的画。看挂历的封面，就使我大吃一惊，无数枝燃烧的红烛排满了画面，火苗闪耀，红烛成行，眼前一片鲜亮的红色。在此之前，我还没有见过有人在宣纸上这样画红烛。后来鲁光告诉我，在杭州去灵隐寺时，他看到大雄宝殿前的烛火，突发奇想，回来后便在宣纸上画出了这幅画。所有见过这幅画的人，都被震撼了。

鲁光广交天下俊杰，他的朋友中，最多的是画家，我知道的，就有李苦禅、崔子范、徐希、范曾、刘勃舒、吴山明、张广。所谓"近墨者黑"，握在鲁光手中的笔，更多的时候是绘画的毛笔而不是写字的钢笔，他的画越画越有名堂。他在北京，我在上海，不时听到和他的绘画有关的消息，譬如他和一批作家一起在中国美术馆办画展，他的作品被各种各样单位和个人收藏。他的国画也出现在北京荣宝斋的展厅中，标价一点也不比那些画了一辈子的大画家们低，而且听说他的画很受欢迎。再后来，他在北京和浙江办了他的个人画展，鲁光的名字，和中国画连在了一起。

我有几幅鲁光的画，其中一幅是他画的鳜鱼。那是90年代初，有一次去北京，鲁光请我和画家吴山明吃饭。饭后我们去他家，在他的书房兼画室中说话。话题当然是绘画。谈得兴起时，鲁光手痒了，便拿出笔墨，铺开宣纸，画了一条鳜鱼和几只红辣椒，又请吴山明在他的画上补墨题词。那条鳜鱼虽然画得简单，却灵气酣畅。接着他又画牛，画得不满意，执意请吴山明为他示范，吴山明拗不过鲁光，挥笔画了一幅《水牛戏月图》，三条水牛，面对着倒映在水中的一轮明月，画面朦胧淡雅，极有韵味。吴山明是当代国画大家，他的水墨人物画在画坛独树一帜，看他画牛，也是一种享受。这两幅画，现在都在我手中，有时拿出来看看，便又想起了那天在鲁光家里看他和吴山明一起挥毫泼墨的情景。

现在，鲁光已经是公认的"两栖艺术家"，既是作家，也是画家。在他的家乡浙江金华，人们以鲁光为荣。他在家乡的山林中建造了一个小小的山庄，他自己设计的楼房，依山而建，房前清泉环绕，房后绿荫覆盖，是一个美妙的庄园。鲁光现在已经退休，从繁琐的公务中脱身，使他有了更多的时间做他喜欢的事情。他常常南下隐居在故乡的山庄中，天天面对着青山绿水，天天面对着宣纸和笔墨，天天陶醉在创造的乐趣之中。他把心中的悲欢喜乐和憧憬梦想，全都倾泻在自己的画中。我羡慕鲁光，他追寻到的境界，令我神往。

鲁光给我看过他故乡山庄的照片，还邀我到那里做客。哪一天，我们能一起聆听着流泉的吟唱，面对着逶迤的青山，回忆着青年时代的往事，再一次陶醉在艺术给我们带来的欢欣之中呢？

2002 年春日于四步斋

古雅和清灵

　　马小娟的国画，以她清新雅致的独特风格，引起广泛的关注。马小娟在宣纸上画荷花，画在荷塘泛舟采莲的年轻女子，画身着蓝印花布衣衫的村姑。她笔下的墨彩，落到纸上化为漾动的荷叶、含羞的莲花，它们带着湿漉漉的灵动之气，张扬着诞生于水的生命活力。而徜徉在莲荷中的女子，身姿优雅，神态安闲，眉眼中闪动着文雅和聪慧。马小娟画的人物，无论是古装女郎还是现代姑娘，她们飘逸的衣衫如云霞如水波，仿佛是从梦中飘然而至。她们神情恬淡，默然无语，却浑身散发着灵气。花草和人，同是天地间的生命，她们在马小娟的画中融为一体，给人美妙联想。

　　马小娟的国画，有江南水乡的韵律，有女性的细腻和妩媚。人物的适度变形，凸现了画家的个性，也使她的作品洋溢着现代气息。这类作品的题材并不新鲜，但看马小娟的画，却使人耳目一新。画家丰富的想象力和独到的表现力，可以使传统的题材焕发出新颖的光彩，这就是具有独创性的艺术之魅力。

　　　　　　　　　　　　　2002 年 5 月 13 日于四步斋

采荷中
马小娟，国画

石禅的花鸟

　　中国画的传统源远流长，根基深厚，站在今人的地盘上回首，但见星汉灿烂，群峰耸立，无数座巍峨的高山横陈在来路上，若要想超越它们抵达新的阔大境界，犹如穿越深谷大壑，登临悬崖绝壁，决非轻易之事。水墨写意在中国画中，也有着深广博大的传统。写意画的出现，使中国画进入一个美妙的全新境界。明代的徐渭和陈老莲，清代的朱耷和吴昌硕，近代的齐白石、潘天寿和李苦禅，都是写意画中开一代风气的大师，现在看他们的作品，依然赏心悦目。写意画所表现出的艺术概括力和想象力，令人惊叹。画家饱蘸墨彩的大笔如有神助，寥寥几抹，便能描绘出世间万象，虽然简约，却形神兼备，那种化繁为简的功夫，使很多西洋的画家自叹不如。

　　石禅的花鸟，也属于中国画中的写意一路。他用苍劲而灵动的笔墨，自由地描绘着大自然中形形色色的生灵。莲荷、石榴、春兰、秋菊，四时花草在他的笔下临风而动；鱼、雁、鹭鸶、鸡雀，百类生灵在他的墨韵里遨游翔舞。在石禅的作品中，能感受到画家对自然天籁的熟悉和钟情。欣赏他的作品时，我总是情不自禁地感叹大自然的多姿和中国画的多彩。石禅年龄并不大，但他的作品却在绚烂中透露出一种苍凉之气，那些流畅而常含枯涩的线条，使我联想起那些离我们这个时代已经很遥远的大师。岁月流逝，世事变迁，而大自然的很多景象却亘古如一，一代一代的画家描绘着它们，常画常新，这就是艺术的生机所在。石禅的作品中，依稀有昔时大师们的痕迹，却又不同于他们的风格，取材、布局、谋篇、笔墨，都凸现出自己的个性，挥洒自如中俨然自成一家。一个现代画家，能师法古人而不拘泥于古人，在继承传统时创新求变，形成自己的风格，这是中国画家难能可贵的境界。

石禅长期生活在乡村，花鸟虫鱼能在他笔下化出如此美妙的景象，得之于他细致入微的观察，其中也有他不同于常人的想象和思考。石禅平时沉默寡言，在画案前常作沉思状。有时我私下揣测他作画时的心境和状态：提笔面对宣纸，眼前的景象，古人的画意，心中的幻想，三者合而为一，于是灵感汹涌而来，化成笔下独特的线条和色彩。这样的境界，令我心驰神往。

我的想象和画家的创作是否吻合，只有石禅自己知道了。

2003 年 9 月 23 日于四步斋

独辟蹊径谢春彦

　　谢春彦可算是艺坛一奇人。他是画家，而且具备多副笔墨：漫画、速写、水墨，他都拿得起来；人物、静物、风景，他都能挥洒自如。如果仅此而止，那他还只能在画坛游逛。但他还有别的能耐，他有一支得心应手的笔，可以写字，也可以写文章。多年前，台湾女作家三毛突然辞世，上海的一些文人和读者为她开了一个小型追思会，谢春彦是创意和筹办者之一。那天走进会场，只见一侧墙上贴着一幅巨大的书法，洋洋洒洒，写满了整整一面墙，那是一篇悼文，是谢春彦的文章，谢春彦的书法。文章写些什么话，我已记不清晰，印象深刻的是他的书法。在稿纸上写文章他用右手，在宣纸上写字却用了左笔，可谓左右开弓。我第一次看到他书写如此大幅的书法，而且写得笔势汹涌，气韵浑然。那些字大小不均，排列自然，笔力苍劲，飘飘然跃跃然满壁腾飞，确非等闲之辈所为。

　　谢春彦是画家，却也常常吟诗作文，对艺坛和社会的众生相评头论足。他写过好几本谈艺的书，影响大的是《春彦点评录》，论画说书，信笔而至，却不甘顺风附庸，拾人牙慧，文字中常常有奇谈怪论，有别出心裁的独到见解。谢春彦敢说敢论，文风犀利，有点傲视群伦的派头，这并非无知无畏，而是有博学杂读勤思作底气，所以引经据典、索古喻今时全无半点羞涩，幽默得也恰到好处。

绘画当然还是谢春彦的主业，他是一个风格独特的画家。我听到过一些对他绘画的贬词，如"太黑""漫画一路"之类。其实，这些批评，也可以看作是赞誉。艺术贵在独创，贵在传神。谢春彦绘画用墨重，线条简练，构图夸张，却耐人寻味。这正是他与众不同的风格。据说他年轻时不仅喜欢丰子恺、叶浅予、林风眠，还下大功夫临摹过黄宾虹。他现在的绘画中，似乎隐约有他们的影子，却又都不像，其实是化成了自己的风格。好画家绘画不仅靠技巧，更靠智慧。谢春彦的绘画和题款书法结合成一体，画中形象常常憨拙浓重，经书法文字巧妙点拨，便脱颖而出，满纸生趣，有时颇发人深思。当今的很多国画家，不敢在自己的画作上题字，一是怕字写得不好露怯，二是胸中墨水不多，抄几句古人诗词还可以应付，要自己赋诗撰文，便一筹莫展。而谢春彦却长于此道，且画且书，如鱼得水。近日有机会在《艺术界》上读他的一批画作，感觉竟是七彩缤纷。他居然也画花卉人体，虽然用色大胆，当依然是自己的风格。我最欣赏的，还是他画的两幅人物，一幅丰子恺，一幅林散之。丰子恺独立于江南桥头，背后一天花树风霜，还有天幕上流云般的题款，萧瑟中透出阔大。林散之只是一个头像，虽只寥寥数笔，却活画出人物神态，几笔浓墨，画出头上小帽和胸前围巾，飘逸如草书墨韵。

谢春彦曾为很多文学作品画插图，和很多作家合作出书，他的漫画、速写和书法，和作家们的文字相得益彰，相映成趣。王蒙、刘绍棠、苏叔阳、陈村等人的书，有了他参与其事，便生动活泼许多。

我和谢春彦也有过一次愉快的合作。十五年前，我的《岛人笔记》出版，谢春彦为我画了插图。那是用简洁流畅的线条勾勒的水墨画，画面很简单，却传神地表达出文章的意境，而且引人遐想。书中有一篇题为《死之余响》的散文。此文在海外报纸刊登时，一位台湾画家曾配图钢笔画，画得繁复精细，画面是一个痛苦扭曲的变形人像，看着让读者揪心。而谢春彦的插图却让我颇感意外，他画了一只黑猫，瞪大了眼睛蹲伏在一个十字架下。画面虽简单，却有惊心动魄的效果。读这幅插图，正是我佩服春彦兄的开始。现在，在我的书房里，还挂着他为《岛人笔记》中《蟋蟀》一文画的插图，画面上有一只巨大的蟋蟀，有我在乡间小路弯腰负重的身影。那是最典型的谢春彦风格，简练的墨线人物，神采飞扬的题跋，两者浑然成一体。我在写作时抬头看看他的画，便想起了当年"插队"崇明岛的情景，想起了我在孤独中寻求出路的青春岁月……

2004 年 10 月 1 日于四步斋

优雅的天籁回声

詹仁左一直不是那种大红大紫的画家，他对艺术情有独钟，很多年来在国画领域里埋头创作，探索着属于自己的道路。他像一个辛勤的园丁，孜孜不倦在田地里播种劳作，只顾耕耘，不问收获，但回头一看，那田地里却已是花枝繁茂，一片缤纷。

詹仁左从不以新奇怪异引人注目。他对传统的国画技法有全面的了解和实践，体会深切，功底深厚。他认为，一个中国画家，如果丢弃传统，那就是放弃自己的优势。只有在继承发扬传统的基础上创新，中国画才可能在新时代找到更广阔的出路。他的创作以花鸟为主，形形色色的花鸟虫鱼，在他的笔下无不栩栩如生。在花卉中，他尤擅画牡丹，各种颜色和品种的牡丹，被他描绘得风姿绰约，美不胜收。梅兰竹菊、莲荷水仙，他画来也是花样迭出，得心应手。那些虫鱼鸟类，在他的作品中充满灵动之气，它们在花丛里翩跹，在水波中翔舞，这是天籁的优雅回声，是生命的美妙赞歌。中国的造型能力和绘画性，在詹仁左的创作中得到了丰富的表现。

很多年前，詹仁左的画就在欧洲作过展览，不少西方的美术爱好者从他的花鸟画中发现了中国画的魅力。克林顿访问上海时，曾参观他作画。他画的牡丹成为中国画家赠送给美国总统的礼物。

詹仁左并不是职业画家，他是上海交通大学的教授，他的工作是向学生推广艺术，传授中国画的奥秘。他不仅在大学里上课，还走进电视课堂，在荧屏上为美术爱好者挥毫示范。"桃李满天下"，对他来说一点也不夸张，他的学生已经遍布中国的天南地北。中央广播电视大学曾出版《跟詹老师学花鸟画》，还同时制作了影碟片。为了弘扬民族文化，使国画艺术在中国进一步普及，詹仁左身体力行，呕心沥血，功莫大焉。

詹仁左既是画坛的一位丹青高手，又是艺术教育领域的一个执著园丁，对一个画家来说，实在是难能可贵。

2004 年秋日于四步斋

看唐子农画荷

我先看到一片迷离沉静的莲荷，后认识画这些莲荷的唐子农。

多年前，我在一次画展上，看到唐子农创作的那些与众不同的荷花。仿佛是古人的吟咏在现代笔墨中的复活，幽暗的底色中，荷花们不慌不忙地展现着它们的精致和优雅。这和喧嚣的现代生活是一种鲜明强烈的反差，犹如酷暑中的一缕微风，几丝清凉。我喜欢这样的莲荷。

古人说："莲花藏世界。"这是一句平淡的话，却蕴藏着幽深的哲理。花的世界其实和人世相似，人世间没有两张完全相同的面孔，没有两个性格完全一样的人，花也一样，一朵花，就是一个与众不同的存在。在常人眼里，花都是差不多的，差异只是大小和色彩。若细心观察，则风情跌宕，千差万别。所谓"一花一世界"，是佛界箴言，也是花界实情。画家写荷，可贵的就是以自己的独特眼光和个性描绘荷花。同一片莲荷，含苞欲放和蓓蕾初绽时不一样，吐蕊盛开和衰败凋零时不一样，在阳光下、在月光下、在风中、在雨中，又会呈现完全不同的色泽和姿态。观赏者的心情的变化，也会使相同的花朵呈现不同的韵致。所以千百年来莲荷在中国画家的笔下常绘常新，永不重复。

唐子农是一个安静的人，能沉下心来追寻天籁风光，

唐子农荷花图

也善于幻想心中的美景。他笔下的荷花，正是他追寻和幻想的结果。他仔细观察过自然界荷花的千姿百态，而这些姿态各异的莲荷到他的笔下，全都带着一种梦幻的色彩，令观者生出无穷遐想。这些莲荷，似乎都在沉思，在等待，在憧憬，看似静穆，却潜藏着飘翔的灵动。

我看唐子农画荷，除了欣赏他的笔墨，也可以想象他的精神世界。眼前莲荷摇曳，纸上暗香浮动，耳畔仿佛有清风拂来。面对唐子农的荷花，心生共鸣，遂写下这些文字，留一个纪念。

2008 年 6 月于四步斋

牧羊少年 ° ► p104
郑志明，水彩画

凝重的憧憬

郑志明是一个很有个性的水彩画家。他的作品，不朦胧，不浮夸，不故弄玄虚，给人脚踏实地、浑厚扎实的印象。他用水彩画描绘的西藏风情，表现出非同一般的功力。他作品中的人物，无论是寺庙里的喇嘛，还是草原上的牧童，都有浓厚的生活气息。他的画里有炽热的阳光，有温暖的烛火，也有寒风凛冽的雪地，在不同的环境中，藏民自然的姿态和单纯的表情被他表现得多彩多姿。那些被高原的日光和风雪雕刻出来的脸庞，雕塑一般呈现在他的作品中，令人叹为观止。他画过一个藏族汉子，在强烈的阳光照射下，那张多皱纹的脸犹如奇峻的山峰，沧桑、愁苦和对生活的憧憬，都凝集在他的皱纹和眼神中，令读者怦然心动。在水彩画中，我还是第一次得到这样的感受。

郑志明画过不少草原的孩子，他们有的赤身裸体，有的衣衫褴褛，但我在画中感觉到的却是对生命和自然的真诚讴歌。这些孩子的周围，有青翠的绿草，有辽阔的大地，有和他们相依为命的动物——牛、羊、狗。孩子们的脸上，常常出现和他们的年龄不协调的沉思表情，这并不是画家故作深沉，我相信孩子们的表情是发自内心的流露。我去过青藏高原，也观察过那里的孩子，在高天阔地的映衬下，孩子们的神情常常显得不同寻常。在郑志明的画中，孩子

和他们赖以生存的自然亲切地融合为一体，成为天地间最动人的风景。

有人说，郑志明的水彩画有点像油画。我觉得这对他是一种赞誉。水彩画画得轻灵飘逸，我们见得太多，能用水彩画画出油画般的凝重、浑厚和坚实，又有几人？郑志明对自己的绘画风格的定位，和他所钟情的描绘对象有关，他选择的题材，用那种朦胧空灵的笔触恐怕难以表现。我读过郑志明的一本作品画册，其中的不少作品，看印刷品确实和油画无异，但是只要看一下他的原作，就会发现，它们还是不折不扣的水彩画。如何在纸上控制水彩的蔓延漾化，使之形成油画的效果，这是郑志明的秘密。不过，我相信这不会是郑志明风格的定型。随着绘画题材的拓展，随着他对自然和人的认识深化，他的绘画也可能会删繁就简，也可能会出现灵动和朦胧，又让人耳目一新。

郑志明是一个执著的画家，除了出门旅行，大多数时间他总是把自己关在画室里，面对着画架倾诉内心的情感，探求水彩的真谛。只管耕耘，不问收获，这是难能可贵的一种境界，但我相信他的才华绝不会被湮没。听说他的作品曾多次在国内外的画展中获奖，这一点也不奇怪。我们的社会，早已不再封锁闭塞，真正的瑰玉绝不会被埋没，相信画界也是如此。郑志明这样的画家以及他所创造的艺术，一定会被更多的人认识。

2001 年盛夏于四步斋

壁画之都掠影

刚走出墨西哥机场，缤纷的色彩便扑面而来。机场候机大厅中央那幅长达十七八米的大壁画，仿佛在提醒每一个初到这个国家的客人：注意，您已经进入"壁画之都"了！

墨西哥的壁画闻名世界，墨西哥城素有"壁画之都"的美称。这次参加中国作家代表团访问墨西哥，目睹墨西哥人引为骄傲的无数壁画，我深深为之陶醉。

壁画在墨西哥城普及到何种程度？可以这么说——你站在墨西哥城的任何一个十字路口，只要放眼四顾，就一定会看到几幅壁画，它们可能在一家商店的门口，也可能在一家剧院的门楣上方，甚至整个建筑物的墙面上都绘满了色彩鲜艳的巨幅壁画。墨西哥国立大学图书馆大楼便是一幅绘满壁画的彩色大楼。

建筑物外部处处可见壁画，建筑物里面当然更不用说。无论是古老的楼房还是现代的大厦，只要你跨进大门，总会有一幅壁画甚至好多幅壁画迎接着你。墨西哥文化部长会见我们时，我竟因为欣赏壁画而走了神。那壁画居然画到了天花板上。画面上是美丽的圣母和一群在空中飞翔的小天使，还有簇拥着他们的鲜花、绿草、五彩绚烂的云霞……这样一幅充满了美妙幻想色彩的画，出现在气氛肃穆的会议大厅的天花板上，使人们产生很多极有意思的联想。

墨西哥大地震使很多高楼大厦变成了瓦砾场，然而大部分壁画都安然无恙。处于震波中心的国家艺术宫，在大地剧烈颤动之后完好无损地屹立着。在这座富丽堂皇的宫殿中，陈列着墨西哥壁画的精华，任何人都可以信步走进这艺术宫殿，在壁画的海洋里尽情畅游。陈列品中有墨西哥最负盛名的壁画大师西盖罗斯、迪格·里维拉和奥罗斯克的组画，它表现了墨西哥民族争取独立和解放，争取自由和幸福的历史，这是用色彩绘出的伟大史诗，尽管没有什么文字注释，但你绝不会对画面产生什么误解。给我印象最深的是西盖罗斯的画，他画墨西哥人在殖民地时期的苦难，遍体鳞伤的人们被枷锁束缚着，粗重浓烈的笔触喷溢着画家的悲愤。而画面上那些挣脱枷锁的形象又那么粗犷豪迈，画家通过人物如炬的目光和铁塔一般的躯体向世界宣告：墨西哥人争取独立和自由的步伐是谁也无法阻挡的！

墨西哥壁画题材极其丰富，除了表现历史，还有各种各样的神话，玛雅人的传说，印第安人的风俗、歌舞、科学幻想等等。我们下榻的外交宾馆附近有一家餐馆的门楣上方是一组浮雕式的壁画，画面上是一些正在烹调的印第安人。这样的壁画，未必出自什么名家之手，但那鲜艳而又浓淡相宜的色彩、那夸张而又颇能传神的构图，使人强烈地感受到了艺术的魅力。

我没有专门研究墨西哥壁画的艺术风格，但如果用"千姿百态"这样的词汇来形容它们，我想大概不会过分的。每一画家都在作品中竭力展现自己的性格。譬如壁画大师西盖罗斯，早期的画大多以写实为主，后期却常以抽象的图案入画，人们可以从那些以红黑两色为基调的抽象图案中，感受到他那炽热却又惶惑的情绪。墨西哥城最高的建筑墨西哥

墨西哥壁画

饭店门前的大壁画，便是西盖罗斯最后的几幅作品之一，画面上没有具体的形象，只有许多起伏交织的云纹，云纹中隐隐约约有一种似人非人的飞行物。面对这样的壁画，你情不自禁会产生一种强烈的神秘感。

墨西哥画家当年提倡画壁画，目的是为了让艺术走向人民群众。走在墨西哥城街头，你处处能感受到浓烈的艺术气氛，这种气氛，绝不是几个关在画室里作画的艺术家所能促成的。离开墨西哥城的前夕，我偶然地看见了一幅民间壁画，印象之深竟不亚于那些大师的传世之作。那是在一个建筑工地的围墙上，大概是一位喜欢画画的建筑工人，随手用一支粗糙的笔信手画下的，画面上是棵茁壮倔强的仙人掌，带刺的仙人掌蓬蓬勃勃向四面八方伸展，顶端红红艳艳地亮出一朵花来……我想，面对建筑工地围墙上的这幅画，那些希望艺术走向人民群众的墨西哥画坛先辈，大概也会拍掌而笑的。

1986 年初春🌸

白马的森林

邮递员送来的一大迭信和报刊中，有日本友人宇野公容寄来的一大袋邮件，打开看，原来是东山魁夷的一本画册。

宇野先生是东京书籍株式会社的出版家，去年我率作家代表团访问日本时，由他全程陪同。他是日本大书法家宇野雪村的儿子，对文学和艺术有独到的见解，访问途中，他一路向我介绍了很多日本的艺术和历史风俗。在奈良和京都，参观了不少古代寺庙和园林。其中印象深刻的是奈良的唐招提寺，当年由中国唐代的鉴真修建的寺庙，完好如初地被保存下来，这样的木结构寺庙，能历经千年而完好无损，在全世界都是绝无仅有的。日本画家东山魁夷为唐招提寺创作了一组壁画，我本来以为能看到这些壁画，想不到展览壁画的殿堂只在每年春天开放几天，其余时间都不让人参观，市长出面也不能通融。也许我当时流露出的遗憾的表情，使宇野感到不安，时隔大半年再寄这本画册给我，也算是对我的遗憾的一点补偿。画册中有宇野的一封信，信中说："寒冷时节，谨致以问候之意。从元旦以来，天气一直较暖，最近总算开始冷了起来。您近来一切都好吗？现寄上最近在日本召开的《东山魁夷展》书录。去年，去奈良唐招提寺时，很遗憾未能看到东山魁夷的隔扇画。这本画册上登载了其中的一部分，请鉴赏。寒冷还要持续一段时间，请您多保重身体。"在寒冷的季节，收到这样的礼物和信，使我感受到友情的温暖。

翻开画册，第一幅作品就是东山魁夷为唐招提寺画的壁画《涛声》。画面是蓝色的海潮，万顷碧波在画面上起伏。海中礁岛雪浪飞卷，岛上绿树迎风挺立，似在和海涛酬唱应答……这样的长卷，浩瀚而神秘，使我想起东山魁夷写海的散文《永恒的海》，他在散文中这样写："我聆听波涛的声音，这是永恒的音响。左右着水波搏击的是什么？我仍然认为，这不过是受某种力量支配的缘故。这种力量应该是什么，我也不知道。"

翻阅东山魁夷的画册，是视觉的享受，也是精神的美餐。他的画，以高超的技巧展示了自然的奇妙，也用独特的语言阐述了画家心中的哲思。东山魁夷的画，很多都是以蓝色为基调，画面空旷高远，意境曲折幽深，大自然的寂静和纯净被表现得动人心魄。画册封面上，印的是东山魁夷的名作《白马的森林》，蓝色的森林里，一匹白马，隐隐约约，若有若无，仿佛是飘忽的梦幻。这样的景象，我曾经在四川九寨沟见到过，那是一个宁静的早晨，诺日朗瀑布前无人的山坡上，一匹白马和一匹黑马悠然从我身畔走过，消失在迷茫的晨雾中，使我怀疑自己是置身梦境。东山魁夷会不会也有我这样的经历呢？画面上这匹白马，是画家精神心魂的象征，这是一个在自然中沉醉思索的灵魂，面对着自然和天籁，他凝神伫立，思绪飞向了无人知晓的远方。

东山魁夷的画册中，还有他70年代访问中国时画的几幅水墨速写，其中有无锡太湖和扬州瘦西湖的湖光山色，有黄山的云海和松涛，有月光下的桂林山水。这些速写，后来发展成他为唐招提寺画的三幅壁画《黄山晓云》、《扬州薰风》和《桂林月宵》。可以想象，中国的山水，曾经在这位大画家的心中留下了多么美妙的记忆。他为唐招提寺画的这些壁画，已经作为中日两国文化交流历史的一部分，以最美的形式，留在了一本时间跨度长达千年的史册中。

东山魁夷的风景画中，很少有人物。但在那几幅画于中国的水墨速写中，却出现了人物。有一幅题为《大寨开垦》的速写，画的是山西昔阳的大寨梯田。"文革"期间访问中国的外国人，很多都被安排去参观大寨，东山魁夷也去了。在画大寨的梯田时，他画了三个正在干活的人，山间小道上，一个人挑着一副担子，另外两个人一前一后扛着一筐土。在群山重叠的画面中，三个人物很小，只是几簇黑色的墨点，然而却触目惊心。我想，当年中国农民那种"战天斗地"的精神，一定使东山魁夷感慨不已，所以才有了画面中那几个人物。只是，这样的景象，无法描绘在唐招提寺的壁画中。

现代日本画坛有三座"山"：东山魁夷、高山辰雄、加山又造。三座"山"中，最使我流连忘返的是东山魁夷。高山辰雄和我曾有过一面之缘，他也曾将他的画册赠我。东山魁夷作品的无人之境和高山辰雄的人物绘画，交织成热爱自然，向往真善美的博大境界。而加山又造描绘的裸妇，则是现代人的另一种向往。东山魁夷是去年春天去世

冬华
东山魁夷

的，我访问日本时在报上看到他去世的消息，也看到高山辰雄为他主持追悼会的情景。本想到唐招提寺去寻找东山魁夷的足迹，面对他的美妙壁画凭吊这位让我钦佩的大画家。唐招提寺画室那两扇紧闭的木门，把我挡在了外面。此刻，读着他的画册，我觉得遗憾已经消散。那匹在蓝色森林里飘翔的白马，使我思绪飞舞，远走天涯。我想，东山魁夷感受到的美已经活在他的画中，谁也无法遮盖，更无法消灭了。

谢谢你，宇野先生。

2000 年 2 月 19 日于四步斋

倾听远古回声

　　岩画是什么？岩画是我们的先人在大地上留下的痕迹，是他们的智慧、情感和才华的结晶，他们的欢乐，他们的悲苦，他们的欲望和迷惘，他们的憧憬和幻想，都凝聚其中。在遥远得我们无法想象的年代，他们用最简单的工具，一锤锤，一凿凿，在岩石上刻勒出千奇百怪的图像。千万年时光流逝，自然的沧桑，人世的变迁，风暴沙尘，雪雨冰霜，都没有将它们湮没。它们散布在地球的每个角落，只要曾有人类活动的地方，就可能有岩画。在野兽出没的深山荒岭，在人迹罕至的戈壁沙漠，在辽阔的草原，在幽密的森林，它们如天书，如神符，蜿蜒在岩石之上，闪烁着难以言说的神秘。岩画是早期人类留给世界的文化和艺术，是人类的文字和绘画的起源，是人类历史最早的记录，是人类文明最初的曙光。

　　生活在城镇的现代人，很少有机会看到岩画，更无法想象岩画中蕴含着的丰富古代信息。中国是一个岩画的大国，但是直到 20 世纪中期，中国人对祖先留下的岩画还是所知寥寥，是岩画考古学家们，向世界揭示了中国岩画的秘密。

　　《中国岩画史》的作者盖山林先生，是我国著名的考古学家，被人称为中国的"岩画之父"，他将自己的生命和心血，都融化在岩画考古事业中，三十年来，他跋山涉水，行程数万里，走遍了中国的大地，哪里可能有岩画，哪里就有他的足迹。这本书，以生动的文笔，丰富的资料，介绍了分布在中国各地的古老岩画。这是他的考察札记，是他的学术随笔，是他的思考花絮，也是他的情感结晶。书中涉猎的岩画，大多都是作者的亲历。此书不是简单的岩画介绍，而是凝结着作者数十年跋山涉水的心血，凝结着他对中国岩画的缜密观察、科学解析和独特思考。通过这些岩画，他向读者描绘出一幅幅古代人类生活的场景，他们狩猎、舞蹈、战争、祭祀、生殖、繁衍、死亡……面对浩瀚神秘的大自然，他们敬畏、迷惘，也发出惊叹和诘问……实地考察这些岩画时，作者如痴如醉，心驰神飞，忘却了跋涉的艰辛和寻觅的漫长。我们可以在他这本书中感受到他的欣喜和沉醉，更能看到一个考古学家的坚韧执著和智慧才华。

盖山林的《中国岩画史》在写作上很有特点，行文基本上是以作者对岩画的考察亲历为线索，如数家珍般一一细述中国各地的岩画，从地理环境到岩画的形成风格，写得细致生动，而对岩画的分析之深入精到，更令人折服，每一幅岩画，都可以把人引入远古时代人类的生存状态和精神需求。作为一个岩画考古学家，盖山林先生具有世界的胸怀，他曾几度远涉重洋，考察过很多异域的岩画，并曾撰写过专著。在介绍中国的岩画时，作者很自然地将中国的岩画和世界各地的岩画作比较，这些内容，也是书中引人入胜的部分。读完这本书，读者对世界的岩画，也会

盖山林
蒙古阴山岩画

有一个大致的了解。

　　盖山林先生是我的老朋友，我一直以有这样一位毅力惊人和成就卓著的朋友为荣。盖山林先生已经著作等身，他关于岩画考古的文字早已在国内外广为流传。这本新书，是一本丰富博大的书，是一本把读者引入一个神秘而又古老世界的书，读一读这本书，不仅可以了解多姿的中国岩画，可以神游我们的祖先曾经面对的天地，曾经历过的生活情状，可以了解他们曾经有过的憧憬和幻想，也可以认识盖山林，认识一个将自己的生命与古老岩画融合的中国学者，他用自己心血和创造，在远古世界和现代人类之间构筑起一道美妙的桥梁。我相信，读者会和我一样，衷心地感谢他。

　　　　　　　　2005 年 3 月 12 日，初稿于北京华润饭店
　　　　　　　　3 月 15 日定稿于上海四步斋

神秘天眼

——观喜马拉雅岩画有感

这些装在油画框中的奇妙作品，使我神思翱翔，浮想联翩。

它们是高山岩石的切片，来自世界屋脊青藏高原。我想称它们为"喜马拉雅岩画"。远古的地壳运动，是这些岩画的成因，它们孕育了亿万年，形成于一瞬间。留在岩石上的斑斓痕迹，是岁月的造化，是大自然的鬼斧神工。岩石肌理中，蕴含着无穷无尽的色彩，潜藏着千变万化的图像。

这些岩画，仿佛汇聚了古今中外的绘画风格，其中似有油画的浑厚，水彩的轻灵，木刻的端庄，素描的活泼，浮雕的凝重，水墨的飘逸。古典和现代，立体和印象，抽象和写意，都交融在岩石的纹路和裂变之中。

凝视这些岩画，眼前风云变幻，万象灵动。天地间有过的景象，在这里都可窥见，人心中掠过的梦想，在这里也能觅得。它们的画面，境界有大有小，情景有动有静。大则宇宙洪荒，江海浩荡，小则幽草片叶，滴水微澜；动则群马狂奔，惊涛拍岸，静则闲云轻绕，月照空山。只要善于想象，可以看到岩画中活动着芸芸众生，隐现着无尽天籁。它们如神秘天眼，从亿万年幽暗之中，审视着每一个观赏它们的人，仿佛在问：你，看见了什么？

日姆栋豹追鹿
西藏阿里地区岩画

你看见了什么？我想观者不必在意，见仁见智，见山见水，见人见物，见鬼见神，都是对美的发现，对艺术的憧憬。大千世界，瞬息万变，人人眼里都会有一片新鲜天地。

艺术之奇妙境界，在于能激发观者的想象，共同参与创造，由小及大，由此及彼，发现画外意象，谛听弦外清音。喜马拉雅岩画，小小一片岩石，引人联想到世界的浩瀚和人心的幽邃，岂不妙哉。

2007年初夏于四步斋

品画二题

诗人的剪影

诗人站在窗前，在烛光下低声吟诵他的诗稿。从窗户里可以清晰地看到他优雅的剪影。窗外，秋风萧瑟，几片枯叶形单影只，在光秃秃的枝头飘动，随时都可能会被风扫落。我无法知道诗人正在思考什么，吟诵什么，但每次看到这幅画面，我就会被其中既静止又漾动的气息打动。那是一种幽深而忧伤的气息，在普希金的诗篇中，常常能感受到这种气息。

这是《普希金抒情诗集》的封面。1958 年由新文艺出版社出版，共二本，分为一集和二集，两本书的封面相同，只是色调稍有变化。设计封面的是画家西崖。中国出版的普希金诗集不计其数，诗集的封面也是琳琅满目，然而我还是最喜欢这个封面。如果把封面比作书的面孔，这张面孔和里面所包含的情感和思想是何等吻合。西崖先生在 40年代初以版画成名，50 年代后历尽屈辱磨难，然而一颗爱美之心始终坚韧地活着并成长着。80 年代后他复出画坛，为世人奉献出不少精美的画作。西崖先生生前和我有不少交往，我相信他一定是读懂了普希金的。

安徒生画像

　　传说中安徒生长得很丑，少年时代，他曾经因此而自卑。在这幅画像中，安徒生并不难看，他瞪大眼睛凝视着前方，沉浸在自己的遐想之中。画面上有两个细节很有深意。一个细节，是他视野中的一轮太阳，这是作家心中的理想和憧憬，也是他才华的来源。另一个细节，是安徒生手中的花，这是作家对生活、对天下孩童的爱，正是这种爱，使他心中源源不断地涌出美妙动人的故事。这两个具有象征意义的细节，使得这幅画像非同一般，给读者提供了无穷的想象天地。

　　我不知道这幅版画像的作者是谁。在 30 年代出版的汉译《安徒生童话》中，曾经多次收录过这幅画像。后来出版的安徒生的书中，就很少看到这幅画像了。最近，在光明日报出版社出版的画册《左联画史》中，我又发现了这幅画。

1993 年夏于四步斋

书想衣裳

写下这个题目，觉得有点滑稽。"云想衣裳花想容，春风拂槛露华浓。"这是李白的诗句。李白在京城做官时，也曾遵皇帝之命写诗，于是杨贵妃的美貌便成了诗人的题材。这诗句，便是诗人感叹杨贵妃的倾国倾城之色，把美人的衣裳想象成云彩，把美人的容颜想象成花，这是做诗的惯技。"书想衣裳"，实在是牵强的借鉴。不过，如果把一本书看作一个人，那么，把书的封面看作一个人的衣裳，大概还说得过去。我想谈的，就是书的封面，书的装帧设计。

早些年，我们这里出书，不怎么讲究装帧，书的装帧大多简单朴素。以简朴为美，似乎也符合国情，但这多少有点"阿Q"。有一次，在美国旧金山一家中国人开的中文书店里，把中国大陆出的文学书籍和中国台湾、中国香港以及国外的文学书籍陈列在一起，相形之下，这里的书籍"衣裳"就显得有些寒酸，有些书的设计很大气，但用的材料蹩脚，还是露出小家子气——尽管这些书的内容绝不逊色于港台书籍。回来后写文章时，我曾这样自我安慰："书的质量，不在于外表，而在于内涵。"一边这样写，一边暗暗想：如果能出一本装帧精美的书，当然是求之不得的事情。

我的朋友中，有几位书籍装帧家，因为有过愉快的合作，彼此便成了朋友，譬如陆震伟和袁银昌。我的第一本散文集《生命草》，设计者是陆震伟。《生命草》封面的底色是深沉的暗金和褐红，从中透出一抹阳光般的亮色，亮色中是一个身体变形的少女捧着一盆绿草，跪在地上低头沉思。这样的设计，颇合我的想法。在 80 年代初，这样的书放在书架上，会使人眼睛发亮。已经去世的诗人陈敬容当时看到这本书后，写信来感叹道："这样精美的书，在我们这里简直就是豪华版了，令人羡慕。"现在看起来，《生命草》仍然让人觉得精美。后来，陆震伟又为我设计了十多本书的封面，每一本书他都不重复自己，努力展现新的创意和风格，他就像一个想象力丰富的时装设计师，为我的这些新书设计出一套又一套款式新颖的时装。我欣赏陆震伟的书籍装帧艺术，不仅因为陆震伟在艺术上有创新精神，有时代气息，他画的封面充满了青春朝气，洋溢着生命活力，能在节俭朴素的条件下，尽量把书设计出精致高雅的格调，这是一种难得的本事。我欣赏陆震伟，更因为他的严谨和认真。他说："作家出一本书不容易，书出得难看，他们会伤心。"他的封面设计，绝不是凭空构想，而是源自对作品的理解。每设计一本书，他都要对书的内容和风格做仔细的了解。设计《生命草》之前，他读了书中的每一篇文章。后来设计我的其他书时，他也要到我这里来要书的校样，不对书的内容做充分的了解，他总是不急着动手设计。十年前，我的一本书在四川出版，一位热心的朋友请了一位名声很大的书籍装帧家设计了封面，想不到，这位大家的设计却被出版社否定了，出版社的意见是，这

生命草封面

封面和书的内容不相干。情急之下，只能找陆震伟。他却不慌不忙，非要把我的书稿要去看过，才画出封面来。我书中的写到的人物，被他用抽象的线条交织在一个颇有现代气息的画面中，这幅画嵌在一片深蓝色的背景中，犹如在海洋中远航的奇妙的船，也像在苍穹中飞翔的神奇的鸟。这样的封面，出版社满意了，我也很喜欢。现在，陆震伟早已是闻名海内外的书籍装帧家，但他严谨认真的态度一如既往。前些日子，我见到他，问他在设计什么书，他告诉我，在为周佩红的散文集画封面，已经画出两个样稿，还是不满意。我问他为什么，他说："我觉得还没有把周佩红散文的风格表现出来。"有这样严谨认真的态度，又有强烈的创新欲望和不俗的想象力，能成为一个优秀的书籍装帧家，也不是一件奇怪的事情了。

近几年，中国人对书的装帧逐渐重视起来。说"书想衣裳"，不再是一句空话。写书的人希望自己的书印得精美一点，买书的人希望买回来的书放在书架上顺眼一点，而出版社当然希望自己出的书扎眼一点，让人一看书的面孔便生出购买的欲望。作者、读者和出版者的这种心愿，成了书籍装帧日益讲究的催化剂。现在走到书店里看看，你会发现中国书籍的面孔变得多彩多姿，也确乎有了豪华的版本。在欣喜的同时，有时也会很自然地想，有些书，是不是太珠光宝气，太浓艳，太花哨了一点。我想，用"珠光宝气"、"浓艳"和"花哨"这样的词来形容有些设计失当的书，大概并不夸张。譬如明明是一本很文雅的文学读物，封面上却夸张地画着两片微张着的血红的嘴唇；明明是一本严肃的学术著作，封面上却赫然印着一个袒胸露腹的女人……这好比把妓女的装束，硬裹到良家淑女的身上，实在让人哭笑不得。前几年，曾有一位我熟悉的老作家因为自己的新著装帧得过于粗糙而不愿示人；去年，又有一位年轻的作家因为自己的书封面太艳俗而羞于赠人。这大概是从一个极端走到另一个极端了。

书籍装帧的至高境界，在于书的衣裳和肉体、精神的高度协调吻合，即我们从前常说的形式和内容的统一。追求新颖，追求精美和别致，必须恰到好处，必须不游离于书的内涵。一过分，效果就可能适得其反。豪华和花俏，绝不等同于高雅和美。陆震伟和袁银昌这样的书籍装帧家，深谙此中道理。这样的装帧家多一些，对作家、对读者、对出版社和书店，都是福音。

1995 年 12 月 19 日于四步斋

纸上宝石

　　藏书票可以算美术作品中一个独立的门类。一张小小的藏书票上，有形象，有色彩，有独到的意境，麻雀虽小，五脏俱全，一张藏书票，就是一幅微型的画。因为小，藏书票上的图案和形象大多很简洁，然而它们能鲜明地表现设计者的风格和情趣，而且画中的意境和读书相关，所以令爱书者神往。有人把藏书票称为"版画珍珠"和"纸上宝石"，实在形象。

　　我也喜欢藏书票。但是对我来说，藏书票和我的藏书并无多大关系，因为每本书中都夹一张藏书票，实在是一种奢侈，我哪里有那么多的藏书票。我收集一些藏书票，完全是为了欣赏，就像我藏有一些书画一样。在读书的间隙，有时翻出放藏书票的夹子看一看，赏心悦目，浮想联翩。在我的藏书票中，有两位画家专门为我设计三枚藏书票，是我特别珍惜的藏品。

　　前年春天，上海图书馆的文达书苑开设我的著作专柜，当时的书店经理黄显功在张罗这件事时，请藏书票设计家林世荣先生为我设计了一张藏书票，作为赠送读者的纪念品。书票为丝网单色印刷，画面并不复杂，但是别具匠心：青灰色的底色上，用简练传神的留白线条勾勒出一个头部侧影，旁边是"丽宏藏书"四个篆字。不用解释，认识我的人一看就知道，书票上的头像是我。画家很夸张地强调了额前的一缕鬈发，仿佛是从脑门上飘起了一缕轻烟。文达书苑赠读者的这张书票是铅印制版的，和手工印制的原作相比，损失了不少韵味。我保存的是画家亲手印制的原作，图案印在宣纸上，色彩有凸出纸面的感觉。

在创作藏书票的中国画家中，最有影响的是版画家杨可扬，我看过他设计的很多藏书票，他的风格，粗犷中带着精细，简朴中含着绵密，小小方寸之中，折射出多彩的智慧，蕴含着丰富的情感。去年年底，漫画家戴逸如听说我喜欢可扬先生的藏书票，便提出要请可扬先生为我设计一张藏书票。我以为他说说而已。想不到此后不久，我果真收到了可扬先生寄来的一张藏书票。这张藏书票黑红黄三套色，以黑色为底，画面上有一盏油灯，一本书和一支笔，还有一扇窗，窗外正升起半轮鲜红的旭日，一边的题款是"赵丽宏爱书"，共制作五枚。我很喜欢这张藏书票，它使我想起当年"插队"时，在海边的一间草屋中就着油灯读书的难忘情景。可扬先生大概对我的这段生活略有所闻吧。一个月后，可扬先生又写来一信，信中说："前次为你制作的那枚藏书票，太面面俱到，不够概括简练，近于图解。现另作一枚，比较好一些。随信附五枚，前者请取消。"可扬先生新设计的那张藏书票只用黑红两套色，画面确实更简洁，一盏油灯，两本书，灯火和一轮旭日叠合在一起，题款改为"丽宏藏书"。较之前一张，这幅新作的意境更为开阔明朗。收到可扬先生为我设计的第二枚藏书票，我很感动，也很感慨。这位老画家对艺术精益求精的认真态度使我钦佩，他为什么能设计出那么多精美的藏书票，答案也很明白了。这些精心设计的藏书票，是画家的心灵之画。我当然不舍得把可扬先生为我设计的第一枚藏书票"取消"，因为，这两枚藏书票，我一样喜欢，一样珍爱。

1996 年 12 月 28 日于四步斋

问 道

贺友直先生是我很敬重的一位画家。他画的连环画，风格独树一帜，画面构图的精心巧妙，刻画人物的生动传神，到了出神入化的地步，在这一领域中，中国没有哪个画家能和他相提并论。他创作的连环画《山乡巨变》，已经成为中国现代连环画的经典。很多年前，《儿童时代》杂志约我写文章，许诺请贺友直先生为我画插图。我给了他们散文《战马蜂》，杂志社的编辑果真请贺先生画了两幅插图。那是两幅漫画式的插图，将散文中顽童调皮的情状描绘得发噱有趣，至今令我难忘。

1997 年，在上海茂名路上的一家陶艺酒家，我和几位画家相遇，其中就有贺友直先生。那年贺先生已经七十好几，但看起来却没有一点老态。我向贺先生表达了我对他的敬仰，贺先生也知道我。那晚谈得投契，相见恨晚。酒席之后，画家们在白瓷盘上绘画，贺先生说要为我画一个。我问他画什么，他微微一笑，凝视我片刻，提笔在瓷盘上画起来。先画出一个人像，寥寥数笔，便已出现一个似坐似站的人，虽然只是一个粗放的轮廓，长方形的脸上眉眼也朦胧不清，但围观者都看得出画的是我。然后又在这人前面画出一个体态稍小一些的跪拜者，这跪拜者只见脑勺不见脸面，不知其表情。画上的题额为："问道图。"贺先

问道图
贺友直，瓷绘

生指着画中站立者，又指指我说："这是赵先生。"又指指画中跪拜者，嘿然一笑道，"这是我。我在向赵先生请教呢。"说这些话时，贺先生脸上带着调皮的微笑，像个老顽童。

面对贺先生画在瓷盘上的这幅画，我真是惭愧不已。和贺先生相比，我这样的后生小辈算什么？要说问道，应该是我向贺先生问道，他对艺术的执著，他的历久而不衰的创造力，他对生活观察的细致入微，他的想象力和幽默感，还有他的谦虚，都是值得我向他学的。这随手在瓷盘中画下的《问道图》，其实是贺先生智慧和人格的自然流露。

2002 年 5 月 8 日于四步斋

心　画

　　在中国的艺术家中，数量最多的，大概是书法家。这并不奇怪，因为，凡中国人，大多都会写汉字，因此，通向书法艺术殿堂的大门，似乎向所有天天在书写汉字的中国人敞开着。然而，真能在书法的海洋中独树一帜、扬帆远航的艺术家，又有几人？综观千百年书法历史，真正独领风骚、自成一格，既令同代叹服，又使后人钦佩，墨迹历久而不失其魅力的书法家，实在是凤毛麟角。其实这也不奇怪，越是在大众中普及的艺术，要取得瞩目的成就，并被大众承认，越是困难。因为，所有会写字的人，都可能是鉴赏家和批评家，七嘴八舌，指东道西，你能以一技而服万人吗？

　　20 世纪 70 年代初期，是中国书坛的一个荒芜季节，众多的书法家被迫搁笔，年轻的书法爱好者根本不可能与"书法家"这三个字沾边。当时，曾经出现过一个使人难忘的奇迹，一位年轻女子的一本《鲁迅诗词行书字帖》使沉寂的书坛为之一震，字帖中那些清丽俊逸的墨迹，使人耳目一新，仿佛是炎夏的燠热中突然吹来一阵凉风，无数人为之惊叹折服。人们因此而记住了这位女书法家的名字——周慧珺。二十余年来，不少艺术家如流星昙花般转瞬即逝，周慧珺却一直孜孜不倦地在书法艺术的道路上探索追求。她的目光、思想和笔触，沉浸流连在古老博大的书海之中，并执著地寻求构筑着属于她自己的新鲜境界。她的名字和她的书法，早已远扬海内外，成为被人们喜爱的当代书法大家，成为这一代人的骄傲。

周慧珺的成功，并不是阳关大道上的顺风走马，她的人生和艺术之路上，充满了苦难和坎坷。命运对她的严酷和苛刻，非一般人所能想象，然而她以惊人的毅力克服了种种障碍，进入一个自由辽阔的境界。可以说，是书法改变了她的人生。她通过对书法的追求充实丰富了自己的生命。也通过书法，抒写着自己的理想，表述着她对世界、对人生、对艺术的理解。周慧珺一向推崇古人扬雄的一句话："书为心画。"这四个字可以概括她对中国书法的理解。把墨写的字比作心灵之画，实在是一种绝妙的比喻。我想，这大概和作家的为文一样，作者的人格和心境，情不自禁会流露在文章中。在书法家的作品中，同样能体现作者的人格和人品。周慧珺是一个善良、质朴、倔强而又淡泊的人，她的书法作品，处处折射出她的这些性格。内心世界的充实和丰富，决定了她的"心画"的意蕴缤纷悠远。周慧珺成为当今中国最受人欢迎的书法家之一，实在是一件很自然的事情。

青年女书法家李静是周慧珺的学生。她的才华在很多年前就曾受到广泛注目，在《文汇报》举办的全国书法大赛中，她曾荣获首奖。李静也是一位在艺术上崇尚独创精神的书法家，她的书法豪放洒脱，颇有阳刚之气。前些年李静曾东渡日本，在日本作巡回书法展览和表演，使无数

驿外断桥边，寂寞开无主。已是黄昏独自愁，更著风和雨。

无意苦争春，一任群芳妒。零落成泥碾作尘，只有香如故。

陆放翁咏梅　周慧珺书

周慧珺书法

136

日本书法爱好者为之倾倒，被日本报刊称为"在日本创造了奇迹的中国书法家"。李静在艺术上有很高的悟性，她少年时曾受过绘画训练，也有扎实的书法功底。然而她不是那种浅尝辄止、满足于临摹的书法家。如果说，李静早期的书法作品中，有老师周慧珺的影子，那么，在她近期的书法中，已经充分展现了与众不同的个性。她依然保持着早期的豪放洒脱，然而已经面目大变，读者可以在她的作品中发现汉简的刚劲简练，似乎也能看到日本现代书法的飘逸奇崛。她的书法融合了这些特点，把它们纳入自己的风格，从而形成了鲜明而独特的艺术个性。在当代的青年书法家中，李静无疑是独树一帜的一位。

和任何上品的艺术一样，好的书法，从来都不是一览无余，而应该内涵无穷，韵味不尽。写得圆熟漂亮，未必能抵达美妙的境界。我想，书法艺术和写字匠的区别，就在于此。写字匠仅仅是按陈规将字写出来，而书法家却能在泼墨挥毫中倾诉自己的思想。"书为心画"，说得一点不错。读周慧珺和李静的书法作品，我的感觉仿佛是欣赏一幅幅情境交融、意蕴幽深的画，这些画中有高山流水，有松涛鹤唳，有月光下淙淙奔濯的清泉，有雪地里暗吐幽香的蜡梅……艺术家的理想，连同她们的欢乐激情、痛苦惆怅，有声有色地展现在这些墨写的画面中，使我禁不住为之怦然心动。

1992 年 8 月 4 日于四步斋

手卷和尺牍

近日，在上海博物馆，有机会观摩一批馆藏的书画和古瓷，大饱眼福。上博副馆长汪清正先生是造诣很深的古文物鉴赏家，听他讲解评点，增长不少见识。那天看了三件书画作品，其中两件手卷，一幅尺牍。

第一件手卷为王献之的《鸭头丸帖》。这是一件海内外享有盛名的国宝，虽历经千余年却完整无损。《鸭头丸帖》共十五字，是一幅写在丝织绢本上的便条，十五字为："鸭头丸故不佳明当必集当与君相见。"字似乎信手写来，内容也很平常，但笔力遒劲，布局自然，字字经得起推敲。这是存世的屈指可数的王献之作品之一，尽管字数比他的《鹅群帖》和《地黄汤帖》少得多，但更见其自由洒脱的性情。《鸭头丸帖》只是一尺见方的作品，然而却被装裱成一幅长卷。跟在《鸭头丸帖》后面的，是历代无数收藏家的印鉴和名人的题字。其中有宋徽宗的御印，宋高宗的题跋，董其昌的题词。在董其昌之后，还有很多有名的或者不太有名的文人官吏的题字，长卷太长，无法一一细看。"虎头蛇尾"这样的成语，用来形容这长卷，实在是太合适不过。看这些密密麻麻的题词，给人争先恐后之感。古代的墨客和权势者，都喜欢在大家的书画名作上题字，看属风雅之举，其实是想攀龙附凤，题词者的如意算盘是：名作不朽，

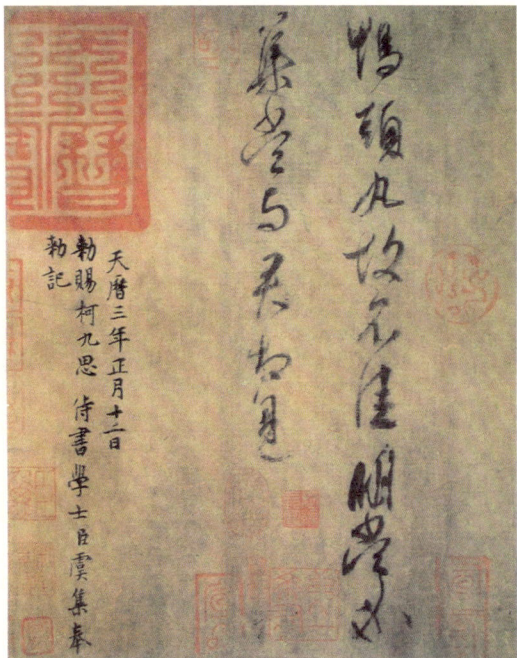

鸭头丸帖
王献之

自己的名字便也跟着不朽。然而后人在欣赏大师的艺术时，谁能记得住那么多尾随其后的张三李四王五呢？

第二件手卷是宋徽宗的绘画作品，为水墨工笔画。画面分为两组，前一组是花鸟，五只花雀栖息于古树枝头，另一组为四只芦雁，聚集于芦苇丛中。花雀和芦雁被描绘得栩栩如生，禽鸟的翎羽喙足，皆精勾细描，纤毫毕现，花费的功夫一定不会小。以今人的目光看，这样的画算不得出色，出自皇帝之手，意义就有些不一般。皇帝有耐心画如此精细的画，也确实不易，他要把自己幽锁深宫，全身心沉浸在笔墨之中，而朝廷政事，当然无心过问了。上海博物馆还藏有宋徽宗用他的"瘦金体"书写的《千字文》，也是一笔一画毫不马虎，功夫了得。在中国的皇帝中，宋徽宗没有多少政绩，不仅没有建功立业，最后还当了金人的阶下囚，受尽屈辱。但这个没有能力打败入侵者的无能之君，却是个有点独创精神的书画家。在这幅画中，宋徽宗没有题多少字，给人印象深刻的是他的署名，似乎是一个"天"字，其实却是四个字的合而为一，这四个字是"天下一人"。也只有皇帝才敢如此狂妄。此画传入清宫，清朝的皇帝便也来凑热闹。乾隆皇帝在引首处题"神韵天然"，每字四寸见方，写得肥腴温厚。写了四个大字，乾隆意犹未尽，又用小笔在画心题诗，题在两组画之间的一片空白处。乾隆的诗写得很平庸，把画中的芦雁和花雀描绘了一番，把宋徽宗的画夸奖了一通，字也写得软绵乏力。这是每字不到一厘米见方的小楷，笔画极细。乾隆大概也想学一学"瘦金体"，但笔力不到家，比宋徽宗的字差得远，有点东施笑颦的味道。在画心题字，其实是破坏了一般题跋的规矩，乾隆仗着自己是"御笔"，随心所欲，画幅中间这一片空白被他这么一题，画面中原来的通透匀称便被破坏了。也许，面对这位亡国之君的遗作，生逢盛世的乾隆内心有一种优越感，所以才会如此无所顾忌。宋徽宗如果看到后人在他的画上这样乱涂，必定会"龙颜大怒"，然而他也回天乏力了。

第三幅是宋代大学者朱熹的一幅书法作品，是他写给友人的一封书信。这是上海博物馆中唯一一件朱熹的书法作品。朱熹不是大书法家，他的字当然不能和王献之和宋徽宗相比，但比乾隆要高明得多。虽是写日常家信，朱熹却写得很工整，排列也划一，字迹中显露出学者的严谨。问及此尺牍的来历，汪馆长谈了很有意思的故事。60年代初，听说苏州有戴姓老人，曾当过三任开滦煤矿督办，家中收藏甚丰。上海博物馆派人找到戴氏时，只见他蓬头垢面，正在街头抢蒲扇生煤球炉。跟他进门后，才发现门里藏着一座宝库，朱熹的书法，他家里不止一幅，有手卷，也有大幅作品。上海博物馆想收购他的朱熹书法，以补遗缺，老先生很倔，任你软磨硬缠，说什么也不肯出让。后来南京博物馆听说此事，以高明的手段，设法将老先生的收藏尽数收入馆中。上海博物馆此后几经周折，才收到这幅朱熹书信尺牍。虽然不及南京博物馆收藏的那几幅精品，但总算是补了一个缺门。

2000年7月27日于四步斋

失路入烟村

中国的现代作家，能称得上书法家的，首推鲁迅先生，他的书法风格厚重高古，有魏晋之风。茅盾先生的字也独具风格，他的书法清秀峻拔，发展了宋徽宗的"瘦金体"。除了这两位，还有郭沫若、沈从文和台静农等人。郭沫若是才子，他的书法从前备受推崇，地位极高，他写得也多，到处可以看见他的题词墨迹。但看得眼熟了，觉得"郭体"似乎没有鲁迅书法苍老的风骨，也少一点茅盾书法的隽秀，所以也有人说他的字盛名难副。沈从文曾经像隐士一样被很多人忘记，中华人民共和国成立后他几乎不再写文学作品，但字却越写越好。他没有把自己看成书法家，只是喜欢用毛笔写字。他常常在一些古旧的宣纸上抄古诗，自得其乐。现在很多人都知道了沈从文的书法，他的字文雅内敛，不张狂，不浮躁，一如这位文学大师的为人。

我是从老诗人曹辛之那里了解沈从文书法的。曹辛之是沈从文的好友，70年代初，他们两家住得不远，常常来往。沈从文新写了字总喜欢会拿到曹辛之家里给他看，也常把自己写得满意的字送给曹辛之。沈从文去世后，曹辛之发现自己竟有了数十张沈从文的字。曹辛之是中国书籍装帧界的泰斗，也是很有造诣的书画家，他曾亲手把沈从文写在一批清宫御用彩色蜡笺上的章草裱成长卷。听说我喜欢沈从文的字，他把那个长卷借给我带回上海，让我欣赏了大半年。第二年，我去北京把沈从文的书法长卷还给曹辛之时，他欣然一笑，说："我以为你不想还我了呢！"说罢，拿出家里所有的沈从文书法，让我仔细欣赏，并且一定要我从中挑选一幅。曹辛之认为沈从文的大字草书写得好，而我却更喜欢沈从文的章草小字。我选了沈从文用小字抄录李商隐诗歌的一幅作品。这是十多年前的事情了，曹辛之先生也已经作古多年。看到那幅沈从文的书法，使我常常怀念这两位值得尊敬的文坛前辈。

现在，我的书房里挂着两幅书法，一幅是书法家周慧珺写的老子《道德经》片断，另一幅是便是沈从文抄录的《玉谿生诗集》。沈从文的书法就挂在我的书桌上方的墙上，从电脑的屏幕上抬起头来，视线便落在沈从文的字上。那是一张一米多长的横批，写的是大小二厘米见方的小字，抄了李商隐长长短短共八首诗，有五绝七绝，更多的是五言古诗。八首诗，加上边款，有五百余字。因为就在眼前天天看见，所以便看得格外仔细。沈从文抄李商隐的这些诗是在1976年春天，他在署名和边款上这样写："试一手《千金帖》千字文法书李商隐诗，笔呆求宕，反拘束书法内，不能达诗中佳处，只是当不俗气而已。沈从文习字。时七六年春寒未解冻日。"八首诗多选自《玉谿生诗集》，它们是《赠宇文中丞》《晓起》《杏花》《灯》《清河》《袜》《追代卢家人嘲堂内》《代应》。我查阅了《玉谿生诗集》，八首诗是无序地从诗集中选录的。这些诗，都不是李商隐的名作，沈从文选这些诗抄录，是否有什么含义在其中呢？

第一首七绝《赠宇文中丞》："欲构中天正急材，自缘烟水恋平台。人间只有嵇延祖，最望山公启事来。"这首诗耐人寻味。1976年春天，"文革"尚未结束，那是"春寒未解冻之日"，沈从文的日子并不好过，他们夫妇俩和女儿蜗居在小羊宜宾胡同的一间小屋里，大小便还要走到街上的公共厕所里去。小小的房间里只有一张桌子，一家人吃饭、工作，都要用这张桌子，沈从文要写字，必须等桌子空闲之后。就是在这样简陋的环境里，沈从文完成了巨著《中国古代服饰研究》的编著。抄写"最望山公启事来"这类诗句时，生活在窘迫艰辛中的沈从文似乎有所期盼。第二首《晓起》："拟杯当晓起，呵镜可微寒。隔箔山樱熟，褰帷桂烛残。书长为报晚，梦好更寻难。影响输双蝶，偏过旧畹兰。"李商隐在诗中描绘的情景，是否使沈从文联想起自己在动乱年代的生活？而第四首《灯》，也颇符合沈从文当时的生态和心态："皎洁终无倦，煎熬亦自求。花时随酒远，雨夜背窗休。冷暗黄茅驿，暄明紫桂楼。锦囊名画掩，玉局败棋收。何处无佳梦，谁人不隐忧。影随帘押转，光信簟纹流。客自胜潘岳，侬今定莫愁。固应留半焰，回照下帷羞。"这样的意境，使我联想起沈从文后半世的生活情状和人生追求。处浑浊而洁身自好，难免经受种种煎熬，在孤寂中如果能变成一盏幽灯，即便只剩下半簇火焰，也能烛照一方，驱散周围的黑暗。对一个坚守着理想的文人来说，有什么比喻能比一盏皎洁的幽灯更妥帖呢？第三首《杏花》："上国昔相值，亭亭如欲言。异乡今暂赏，眽眽岂无恩？援少风多力，墙高月有痕。为含无限意，遂对不胜繁。仙子玉京路，主人金谷园。几时辞碧落，谁伴过黄昏？镜拂铅华腻，炉藏桂烬温。终应催竹叶，先拟咏桃根。莫学啼成血，从教梦寄魂。吴王采香径，失路入烟村。"在李商隐的诗歌中，这样的作品并不算出色。使我难忘的是最后那两句，吴王采花，迷失在花团锦簇的园林中，虽是迷路，却迷得有诗意。这也让人很自然地想起沈从文的下半生，他放弃了心爱的文学，把才华和精力投入对古代服饰的研究，当然，还有书法。说是"失路"，其实是找到了一条充满智慧和情趣的通幽之径。第五首《清河》："舟小回仍数，楼危凭亦频。燕来从及社，蝶舞太侵晨。绛雪除烦后，霜梅取味新。年华无一事，只是自伤春。"第六首《袜》："尝闻宓妃袜，渡水欲生尘。好借常娥著，清秋踏月轮。"第七首《追代卢家人嘲堂内》："道却横波字，人前莫谩羞。只应同楚水，长短入淮流。"第八首《代应》："本来银汉是红墙，隔得卢家白玉堂。谁与王昌报消息，尽知三十六鸳鸯。"这几首诗也许是无意识的选择，诗中的只字片言可能引起了沈从文的共鸣，使他触景伤情，顾影自怜，或是回忆起一段往事，或是念及某位友人。我知道，这其实是无法妄加揣测的，任何联想都只能是一厢情愿的猜测而已。不过，可以感觉的是，这些诗的意境，大多带着几分惆怅，带着几许失落，带着几丝隐忧，也蕴含着一些朦胧的期待。李商隐当年写这些诗时，不会是无忧无虑，更不会志得意满。这样的意境，引起身处逆境的沈从文的共鸣，实在是很自然的事情。

　　不过，看沈从文的这幅字，更多时候使我感受到的，是中国文字的优雅和奇妙。我常常想象沈从文当年写这幅字时的情景，在那间狭窄的小屋里，他俯身于那张兼作餐桌的旧桌子，挥舞饱蘸浓墨的毛笔，在宣纸上写出一行行娟秀清丽的字。而窗外，北京春日的沙尘暴正在呼啸肆虐，沉浸在笔墨之乐中的沈先生大概是浑然不知的吧。

前几年，我去新加坡参加国际作家节，遇见来自美国的白先勇，我们谈起了沈从文。白先勇认为沈从文是一个真正的智者，能够走过那么动荡多变的险恶岁月，却保持着一个知识分子的独立和尊严，在中国的文人中有几个人能做到这样？我说到沈从文的书法时，白先勇很兴奋，他认为中国作家中沈从文的字写得最好。1980年秋天沈从文去美国讲学时，在加州大学圣巴巴拉校区教书的白先勇接待了他，两人谈得很投机。临走时，沈从文为白先勇书写了四张大条幅，内容是诸葛亮的《前出师表》。白先勇告诉我，自那以后，沈从文写的四屏条一直挂在他的客厅里，成为他家里最引人注目，也最令人神往的风景。在白先勇后来赠我的一套自选集中，我看到了他坐在那四屏条前拍的一张照片。果然，那几幅字写得洒脱奔放，自由不羁，和我在曹辛之先生家里见到的那些字大不相同。沈从文写《前出师表》，是在抄录我书房里那幅《玉谿生诗集》的四年之后，对一个七十八岁的人来说，也许是"老夫聊发少年狂"了。我想，这应该是沈从文当时心情的自然流露。

2002年4月19日于四步斋

食古而吐秀

——刘一闻其人其作

刘一闻的篆刻成就已有公认，是国内数得着的高手之一。我对篆刻没有多少研究，看过刘一闻的几本印谱，感觉是千姿百态，古风拂面。能用一把小小的钢刀在石头上把汉字刻画得如此奇丽不凡，变幻莫测，我很钦佩。

刘一闻的书法也是风格独特的。他的字如修竹临风，又如涓流蜿蜒，令观者赏心悦目。看他写的那些对联，使我想起两个字：清雅。从内容到形式，都给人这样的感觉。他的书法不属于雄浑粗放的一类，清秀雅致中飘溢着浓郁的书卷气息。他的笔迹，有时让人感到似曾相识，它们古朴单纯如汉简，飘逸清秀如杨循吉、郑燮，瘦劲清癯如赵佶。这样的类比，也许会使行家失笑，却是我作为一个观赏者的感觉。当然，仔细看这些字，又谁都不像，它们只属于刘一闻。

冯其庸先生曾以一首五言古风为刘一闻作品集作序，其中有这样的句子："奇哉刘一闻，食古而吐秀。初观皆古趣，细审新意稠。"这是对刘一闻治印的评价，其实，也可以此评价他的书法。刘一闻在上海博物馆就职，他的日常工作就是研究古人的书画，对一个书法家来说，这是何等幸运的事情。任何一个书画大师，都经历过从眼高、心高到手高的过程。所谓眼高，是指博览群书后具备的高眼界；所谓心高，当然是心怀大志，志存高远，胸中包容千山万壑；而手高，便是绝技在握，心到手到，推陈出新，下笔有神，这只能通过千锤百炼的艺术实践达到。刘一闻接触了无数古代大师的真迹，对书法理论也有自己独到的心得。中国书法传统的精华，在他可以说是烂熟于心。作为书法家，他下过苦功。现代人不可能像怀素那样秃笔成冢，墨磨万铤，但每个成功者都有自己的奋斗史。刘一闻出身于书香门第，从小便受到文人长辈的指点，初谙世事就开始练字，练字用过的纸，大概也可以堆成小山。刘一闻跟我讲过他儿时练字的故事，十分有趣。十来岁时，他一有空就在家里埋头写字，家里能找到的纸，都被他用来练字。一日，他发现壁角有一只装满宣纸的大箱子，便瞒着家人，天天抽几张出来练字。直到那一大箱宣纸全部被他用完，家里的大人才发现。母亲告诉他，这一箱宣纸，是祖上留下的乾隆古宣。当代的书法家，有谁会用乾隆古宣练字呢？

艺术家的建树，贵在独创。能成为大家者，必定有属于自己的独特风格，使人一见便能认出他的风韵和格调。在自己的独创性上不断坚持并完善发展，可能枝长叶茂，独领风骚。有人以为新异即美，新异即独创，这其实可能成为误区。不错，与众不同的新奇，会引起注意，会引起追新求异者的喝彩，甚至会有"轰动效应"。然而这样的新奇，是否表现了艺术的真谛，是否真正传达了人心中对美的寻求和认识，却是值得怀疑的。历史上那些轰动一时却很快销声匿迹的"新奇"艺术，我们已见得很多。米芾当年曾经这样评论谢安石的书法："山林妙寄，岩廓英举，不蹑不羲，自发淡古。"我没有看到过谢安石的字，不知他的墨迹是何种气象。不过那种"不蹑不羲，自发淡古"的境界，应该和刘一闻追寻的境界是相通的。刘一闻书法风格的形成，建筑在传统的基础之上，但他并不是被传统束缚，"食古而吐秀"，努力架构自己的章法，并且倾心追求，日臻完美。这仿佛是在掘一口井，看准了地下的泉源，锲而不舍，这口井越掘越深，清泉在源源不断从他的井底涌出。这样的深井，不会枯竭。

看刘一闻的书法，我总是很自然地联想起弘一法师的字。刘一闻的字和弘一法师的字并不一样，但其中的气韵，却是相似的。这样的书法，摒弃了浮躁和焦虑，使人感觉到一种沉静，一种虽然单纯清淡却可以回味良久的意韵。写这样的字，需要一种超然的精神，一种淡泊的心境。从俗世出家的弘一法师看破红尘，过着苦行僧的生活，他自然有这样的精神和心境，刘一闻生活在俗世中，能用书法展现这样的境界，岂不令人称奇。

2005 年 4 月于四步斋

融古铄金见精神

　　书法艺术，古老却也新奇，数千年来，无数代中国文人泼墨挥毫，把一个个方块汉字描绘演绎得千姿百态，令人神往。在人类的艺术森林中，中国书法卓然独立，无可替代。我一直认为，书法，是最能体现中国文化魅力，最能传达中国人创造精神的艺术。无怪乎毕加索曾言：如果我是中国的艺术家，我一定选择书法。

　　书法家能在艺术上自成一家，在博大的书坛取得一席之地，我以为有两个必须的条件：一是对优秀传统的继承；二是独具个性，推陈出新。中国书法源远流长，每个时代都有承前启后的大师引领风骚，他们既传承前贤，虚心学习传统，又能在传统的基础上独辟蹊径，创造新的风格。无视传统的求新奇、求怪异，可以吸引眼球，也可能热闹一时，但难以引起审美共鸣，不会有生命力。无根基的空中楼阁，或者凌空而降的外星人，都不应是成功的中国书法家的特质。

　　宣家鑫的书法，根植于中国书法传统的深厚土壤，以自己的悟性和不懈努力，数十年追求创造，孜孜不倦，使之抽枝长叶开花结果，形成气象丰茂的艺术风格。宣家鑫深谙书法优秀传统的真髓，从少年时代便下苦功打下扎实的传统根基，楷书、行草、篆隶，他都曾涉猎，在临摹学习的过程中融会贯通，抓其神韵，取其精髓，再融入自己的心得，营造出与众不同的气韵。

书为心画，文如其人。从宣家鑫的书法中，可以看到一个不甘平庸的艺术家不断寻觅追求的屐痕。数十年来，他不断充实自己，改变自己，超越自己，他的笔墨线条中，能看到古人的痕迹，汉简、魏碑、章草，都在他的书法中留下影子，然后都是隐隐约约，虽然似曾相识，却还是给人新鲜感。我以为，宣家鑫的书法作品中，尤以隶书最为出色。他的隶书，看似古朴拙讷，却又秀丽灵动，有汉魏遗风，却并非一味泥古，字形结构和笔墨线条，都精心营造，大胆出新，写出了自己独特的面孔。

宣家鑫不仅是成功的书法家，还是自学成才的中国古字画鉴定专家，这使他有机会博览古今书法名家的精品之作，领略大师气韵，博采百家之长。这样的浸染，潜移默化，对一个有悟性的书法家来说，其影响却难以估量。

赵冷月先生先生曾以"融古铄金"四字题赠宣家鑫，这是对宣家鑫书法极为精辟的评价。融古人之精神于现代书法，形成自己的独有风格，我想，这是一个当代书法家能够抵达的崇高境界。

2008 年 7 月 12 日于四步斋

根和玉石

　　第一次听说根雕时，我很有些怀疑：那些腐朽的树根，果真能登上艺术殿堂？

　　亲眼观赏之后，我才折服了。这确实是一些迷人的艺术品，它们的魅力和韵味，是纯人工的雕塑无法比拟的。艺术家利用树根的自然形状，稍加制作，便使它们变成了各种各样的人物、飞禽、走兽……若论逼真，几乎没有一件根雕是惟妙惟肖、完全逼真的，雕塑的形象往往夸张离奇得让你瞠目结舌——牛少了一条腿，鹿脑袋比身子还大，狮子几乎没有躯体……然而它们的动人之处，也就在这种出乎意料的夸张之中。我的书橱里，也有一件根雕，一尊小小的普希金头像——一段普普通通的倒置着的竹根，那些乱而密集的根须，成了诗人的鬈发和鬓须，而根须下一节竹鞭上，雕出了诗人忧悒沉思的面容。这是根雕家姚元龙赠我的礼物，在所有的艺术品收藏中，我最喜欢这一件。全世界的普希金雕像数以千计，这是独一无二的一件，谁

普希金头像　　▶p153
根雕

Александр
Сергеевич
Пушкин
1799—1837

也无法再复制第二件。

这种艺术，注重神似而不讲究形似，只要你富于想象力，并且了解各种形象的内在精神，你就可以在千奇百怪的树根之中发现举世无双的雕塑。

面对这些变成了艺术品的树根，你不得不为大自然的造化拍手称绝，不得不为艺术家大胆合理的想象赞叹不已。是的，大自然创造了无数天生丽质，一花一草，一石一木，都有美妙蕴涵其中，如果能发现它们，并且充分地利用它们，它们便能为人类的艺术增辉。这方面，雕塑家为所有的艺术家做出了表率，他们最懂得其中奥妙。一大堆色彩斑斓、质地迥异的玉石，在雕塑家的刀下，自会各得其所。洁白的，雕成纤纤少女；乌黑的，雕成神话中的武士；粗犷的、细腻的、稚憨的、质朴的、华丽的，都能用恰到好处的色泽和质地表现出来。一块有着黑色斑点的青玉，雕塑家可以把它琢磨成极精妙的艺术品——青的，雕成一只肥硕的菜瓜，黑的斑点，竟被精心镂刻成一只栩栩如生的小甲虫，黑甲虫在水灵灵的瓜上爬着，两者浑然一体……

于是很自然地联想到文学创作的内容和形式，不同的内容，需要以不同的形式来表现，两者的联姻必须情投意合才好。我想，常常欣赏一些出色的雕塑，常常研究一下雕塑家们的选材和构思，对文学家的创作一定是大有裨益的。

1983 年 12 月，在上海

白桦树上的教堂

在俄罗斯古城诺夫哥罗德，我曾见到过一座古老的木头教堂。这是一栋纯粹的木结构建筑，木柱木墙，木门木窗，连尖尖的圆屋顶也是用木片叠成的。岁月的风尘已把这栋木头教堂的外表熏成暗淡的褐色。因为时间仓促，没有进教堂里参观。对木头建筑，我的兴趣并不大，我一直以为，世界上最完美、最精致的木结构建筑，应该是在中国，譬如故宫的太和殿，北京天坛的祈年殿，山东曲阜的大成殿，江西的滕王阁，湖北的黄鹤楼，杭州的六和塔，这些古老的中国建筑，已把木结构建筑的精密、复杂和造型的完美发展到了极致。恐怕很难有其他的木头建筑能与之相媲美。然而陪我的两位俄罗斯作家一直因为我没有走进他们的木头教堂而感到遗憾。他们说："这样的木头建筑，才真正能表现我们祖先的智慧和灵巧。"他们说这番话时，我们的汽车已经远离了那栋木头教堂，要不然，我无论如何要请求主人在那里稍事停留。

木头教堂在我的视野中一掠而过，但印象并不模糊。这是一个装束古雅简朴的老人，他默默地站在一片白桦林中，向前来参观的人们叙述着历史，展示着古代俄罗斯平民百姓的聪明才智。他没有太和殿和祈年殿那样的辉煌和高傲，这种辉煌和高傲，也就是所谓的帝王之气。在冬宫、

木头教堂
木雕

克里姆林宫、伊萨斯基大教堂面前，也能感受到这种辉煌和高傲的帝王之气。尽管远隔万里，这些大建筑的风格决然不同，在恢宏、奢华和富丽堂皇方面，却是异曲同工。这些巨大的建筑绝无平民的生活气息，可远观而不可亲近。给人的感觉是，这样的建筑不是给人住的是给人看的。走进去看看，也是同样的感觉。这些大建筑使你感到自己很渺小。白桦林中的木头教堂却给人一种亲切之感，这是信仰东正教的俄罗斯普通百姓每天都要去的地方。和克里姆林宫、伊萨斯基大教堂相比，这样的木头教堂有些寒酸，但这是真正的民间艺术在建筑上的体现。我想，这木头教堂，是不是有点像中国乡村中的土地庙和关帝庙呢？没有人规定这样的小庙该怎么建造，于是乡间的土建筑家们便尽情发挥，各显神通，把这些小庙建造得千姿百态。这样想起来，我没有进木头教堂看一看，真是有点遗憾了。

这种遗憾，在我离开俄罗斯时有了一点小小的补偿。在莫斯科的阿尔巴特街，我从一位民间艺术家手中买到了一件白桦树木的浮雕。这是一块被处理成黑褐色的木板，上面雕的，正是我在诺夫哥罗德见到过的那种木头教堂，极其简练有力的刀法，把教堂的轮廓和线条勾勒得十分生动。浮雕的那种黑褐色，也正是我见到的木头教堂的颜色。而木头教堂里面的景象，只能由我自己自由想象了。

1993 年 6 月 8 日

胡同和国画

虽然我没有在北京胡同里生活的经验，但对北京的胡同，也有着浓厚的兴趣。

面对着一张北京老城区的地图，我喜欢寻找地图上的胡同名。光看看那些胡同的名字，就能叫你浮想联翩：元老胡同、府学胡同、校尉胡同、力学胡同、演乐胡同、宝钞胡同、缎库胡同、屯绢胡同、灵境胡同、头发胡同、香饵胡同、豆瓣胡同、棉花胡同、帽儿胡同、绒线胡同、麻线胡同、禄米仓胡同、龙爪槐胡同、麒麟碑胡同、大雅宝胡同、旧帘子胡同……北京的历史，北京的风俗，北京人的生活，北京人的幽默感，似乎都蕴涵在这些包罗万象的胡同名中了。这些胡同，我大多没有进去过，但读着它们的名字，我脑海中出现的形象却是七彩斑驳，眼前的色彩绝非仅仅是青砖灰墙黑瓦……

在上海人的心目中，"胡同"这两个字总是和一些小小的陋巷连在一起。好的大房子不会在"胡同"里，有身份

北京胡同 ▶ p159
黄有维

的人也不会住在"胡同"里。这种看法如果拿到北京来，能让人笑掉大牙。北京的胡同完全是另外一种概念。

一位老北京曾这样向我描述："这里的胡同，你可别小看了，那可都是卧虎藏龙之地！"我每年都要去北京一两次，每次都会认识几条新的胡同。北京的胡同，当然也不是宽阔笔直的车马大道，走进有些胡同，犹如进入迷宫，常常是曲里拐弯，看看走到了尽头，却又柳暗花明，绝路逢生，在碰壁处拐个弯，便又豁然开朗……走在那些窄窄的胡同里，如果你的眼前突然出现一幢颇有气派的古代宫殿，你完全不必惊奇，那或许是清朝的哪个王府，或者是一个当年曾显赫一时的官宦府邸。尽管屋顶上的琉璃瓦已经斑驳不全，门前的石狮子也可能断腿缺脑袋，石阶缝隙中总是青草丛生，然而你还是可以从这种残缺之中想象当年的威严和繁华。而在那些被高墙围起来的四合院里，曾经发生过多少类似老舍小说中的北京故事呢？如果不乏想象力，你可以尽情遐想。

我想，说北京的胡同卧虎藏龙，大概并不是指这些胡同中矗立着某座旧时贵族的宅院。据我所知，住在北京的很多文学艺术大师们的住址，都和"胡同"一词连在一起。譬如，沈从文曾住过三条胡同：中老胡同、大头条胡同、东堂子胡同，齐白石住在跨步胡同，艾青住在丰收胡同，卞之琳住在东罗圈胡同，周扬住在安儿胡同……

两年前，齐白石的孙子、画家齐秉声先生曾邀请我去他的家，也就是齐白石当年曾生活创作的"寄萍堂"。那是一个初春的夜晚，汽车经过七曲八拐的街道，停在跨步胡同里一个看起来很普通的大四合院门口。因为太暗，我看不出门前有什么特别的标志，只是在大门左侧的砖墙上见到一块小牌子，表明这里曾住过一个伟大的中国画家。这里，当年曾经门庭若市，来访者来自世界各地，甚至还有国家元首。我相信，凡来过这里的外国人，大概都不会忘记住在这样一个小胡同里的大画家。齐秉声带我走过院子，来到他的画室，这里也就是当年齐白石作画并接待客人的地方。屋子里灯光柔和，陈设很简朴，除了一张大画桌，就是几把椅子，然而看着四面墙上挂着的画，看着画上那些充满灵动之气的花鸟虫鱼，闻着空气中那股墨汁的气味，你会感到自己是被一种浓郁的艺术气息笼罩着。这种感觉，在灯火辉煌的豪华住宅里大概很难体会到。那晚齐秉声画性大发，他兴致勃勃地在那张大画桌上挥毫作画，画的是墨虾。柔和的灯光下，一枝蘸满墨汁的毛笔轻巧洒脱地在宣纸上挥动，笔锋下即刻神奇地出现活灵活现的虾，一只又一只，在雪白的纸上游动，透明的躯壳和长长的须脚仿佛正在水中颤抖。这古老而又新鲜的生灵，只能诞生于这饱孕着东方情调的北京胡同。看着沉浸在画意中的齐秉声，我的眼前依稀看到了齐白石的影子。白石老人当年一定也是这样忘情地沉浸在他的创造之中……

从跨步胡同里的齐白石故居回来，我竟然很固执地把北京的胡同和美妙的国画连在了一起。两者也许毫不相干，但是，它们的丰富多彩，它们的东方情调和魅力，却也有共同之处。我想，作为国粹，作为一种民族文化的现象，它们大概都会是古老而又年轻，有着永久生命力的。

1993 年 10 月 7 日于四步斋

走出石库门

石库门几乎成了昔时上海人生存环境的一个代名词。我们这一代人，对石库门都有着切身的感受，它们和很多上海人的人生的某个阶段乃至整个生命联系在一起。这是一个过去时代的足迹，是历史留给上海人的并不辉煌的旧时巢穴。

石库门是什么？是拥挤的市区中一大群一大群式样相仿、格局狭小、陈旧而灰暗的弄堂房子。天井、客堂、前楼、厢房、亭子间、幽暗而狭窄的楼梯、晾满衣服和尿布的小晒台、放满了煤球炉的公共厨房、酱雾油烟在房子的每一个角落里飘绕不散……所有这一切，组成了石库门的日常风景。也许很多老上海人对这样的风景不仅熟悉，还充满了亲切温馨的感情，因为他们的童年、青春、爱情和人生的酸甜苦辣都和这些风景紧密相连。邻里间的和睦相处和相互间的关心演绎出很多动人的故事，这些故事，使石库门成为一道理想色彩颇浓的上海风景。为现代中国创造了巨大的物质和精神财富，建设起一个国际大都市的上海人，就是在这样的风景中生活过来的。

然而谁能否认石库门的局促和无奈呢？人们在传播那些用忍让编织的温馨故事的同时，更多的是听到石库门里的噪声。有人在为公用厨房里的一两寸地盘分配不均争吵不休，也有人为一个篮子挂错了地方而大打出手……婆婆妈妈，鸡鸡狗狗，张家长，李家短……石库门里"七十二家房客"的烦恼何等繁杂。向往着辽阔自由的现代上海人，生存在如此窘迫窄小的天地中，如何不焦虑烦躁？

在石库门房子里，没有秘密隐私可言，一切都是公开的，斑驳的旧墙和漏风的板壁是无微不至的媒体，你在家里放个屁，隔壁的人也能听见。于是人们分化成了两部分，一部分人说话便无所顾忌，反正什么秘密也保不住，何不广而告之。另一部分人变得沉默寡言，唯恐自己的隐私暴露于人，走路蹑手蹑脚，说话细声细气，甚而缄口无言。两种人的状态都不算健康。而那些喜好窥探他人隐秘的小市民，在石库门中当然是如鱼得水了。

上海人的聪明和精明在石库门中表现得很充分，一个小小的亭子间或者小阁楼，可以被装点得像高级宾馆一样精致豪华，每一个角落，每一寸空间都被巧妙地打扮得恰到好处。低着头磕磕碰碰走上幽暗狭小的楼梯，进门豁然开朗，满目生辉。这种情景使很多外地人既惊奇又感叹：可怜的上海人，真是难为了他们！这种在"螺蛳壳里做道场"的功夫，当然无法和恢宏博大相提并论，而上海人却一直要在世人面前树立恢宏博大的气概，这是多么矛盾的事情。

好在石库门的时代正在逐渐成为过去。尽管一些老人在搬出石库门时仍然依依不舍，但年轻人搬进新楼房时的欢欣和激动，早把那一份怀旧的伤感冲刷得无影无踪。上海人在走向辽阔未来的同时，必然而且必须要走出石库门。

但愿有那么一天，颓败的石库门被拆得差不多了，这时有人会建议：留下一些石库门做博物馆吧，让我们的后代看一看，创造了现代化奇迹的上海人，曾经住在什么样的房子里。

1994年5月10日于四步斋

神游卢浮宫

巴黎的卢浮宫是我神往的地方。参观卢浮宫，是少年时代的一个梦想，这梦想直到今天还常常萦绕在心。遗憾的是，人到中年，还没有机会走进卢浮宫。虽然读过不少介绍卢浮宫的文字，也看过一些卢浮宫藏画的印刷品，然而毕竟是隔靴搔痒，卢浮宫依然离我遥远。

最近，得到一张介绍卢浮宫的光盘，英文全名为：*Le Louvre——The palace and paintings*。想不到，就是这么薄薄的一张碟片，竟把一个博大的卢浮宫形象地展现在我的面前。

开动电脑，把光盘送入驱动器，游览卢浮宫的过程便在我的书房里开始了。在优雅的古典乐曲中，游览卢浮宫的指南一一出现在屏幕上。可以通过地图走进卢浮宫，欣赏幽静的花园和古老的建筑，寻找到我感兴趣的展厅。只要用鼠标器在卢浮宫平面图上轻轻一点，我便可以随心所欲走进任何一个房间。房间里灯光通明，寂静无人，只有墙上的油画，静静地等着我去看。房间中间放着供参观者坐的凳子，我想象自己坐到了这些凳子上，然后一幅一幅仔细欣赏挂在墙上的油画。此刻，浩瀚的卢浮宫仿佛只对我一个人开放，我可以无拘无束地在里面东游西逛，把价值连城的世界名画一幅接一幅搬到面前，横看竖看，将每一个局部放大了仔细欣赏。在我欣赏的同时，不照面的讲解员正在轻轻地讲述着作品的历史和特点。如果想了解油画的作者，只需在油画边点一下，画家的照片和简历便出现在屏幕上……查阅油画的途径是多种多样的，可以走进展厅寻找，也可以通过油画的名称抽取，还可以根据画家的名字或者作品诞生的年代检索。每一条道路，都能把我引向我想寻找的目标。据去过巴黎的朋友们说，在巨大的卢浮宫里待上两个整天，恐怕也无法将里面的油画看完。现在，坐在我的小小的四步斋里，只花一个多小时，就能把卢浮宫游览一圈。从卢浮宫出来，假如对广场上新建的玻璃金字塔有兴趣，也可以猎奇一番。根据电脑的提示，可以从各种角度参观这个新奇的现代建筑，还能深入其中，站在透明的大厅里仰望巴黎的天空。我在那里第一次见到了玻璃金字塔的设计者贝聿铭的照片。讲解员用英语告诉我："这位了不起的建筑师，把一个东方的神话移植到了卢浮宫前。"

等我在电脑屏幕上里里外外走遍了卢浮宫后，一个原本陌生的艺术之宫在脑海中就有了具体清晰的印象。从电脑里取出那张光盘，我情不自禁地凝视它，记忆中纷繁斑驳的图像，却无法和小小碟片上的莹光叠合在一起。我不得不感叹科技的奇妙，也不得不感叹人的想象力和创造力的神奇。我想，以后，也许有机会访问巴黎，到走进真正的卢浮宫时，会不会有一种旧地重游的感觉呢？

1996 年 6 月 6 日于四步斋

卢浮宫外景

　　十年之后，有机会游历欧洲，访问巴黎，走进卢浮宫参观。在卢浮宫逗留了整整一天，没还有来得及细看那里的所有珍藏。在咫尺距离看到了达·芬奇的《蒙娜丽莎》和米罗的维纳斯雕像，心里的震惊和赞叹难以用言语描绘。身临其境，和在电脑上的虚拟之游，毕竟是两回事。贝聿铭设计的玻璃金字塔，要比我想象的小很多，一个单薄的现代建筑，横亘在古老深厚的卢浮宫前，还是让我感觉到现代人面对历史时常表现出的那种浅薄和困惑。（2008 年 7 月 18 日）

城市之美

　　去年秋天的一个傍晚，我骑着自行车，沿复兴中路由东往西。无意中抬头远望，视野中出现的美妙景象使我吃了一惊。一轮已经失去耀眼光芒的落日，像一个巨大的火球，喷射着暗红色的光焰，静静地悬挂在天地之间。天空是蓝灰色的，有几缕金色的云霞飘浮在落日周围。使我更吃惊的，是落日下的城市轮廓。在城市里，永远也看不见地平线，我们甚至无法看清大地的轮廓，只有压头压脑的楼房，将天空切割成不规则的几何形状。而此刻，城市的轮廓清晰地出现在我的眼帘里，这是一条高低起伏的柔美的曲线。路两侧梧桐树高大的树冠，被晚霞镀上了金红色的边框，这边框曲折多姿，如一条金红色光带在风中浮动，又如夕照下涌动的海潮。它们是这条曲线的主体。而远处的几幢高楼，如波涛中耸起的舰船桅杆，打破了曲线的柔和。不过，在温暖的霞辉中，这些高楼的轮廓并没有使人感到突兀生硬。它们也使我想起了远山，巍峨而神秘，飘忽而朦胧。我曾经到过很多依山而建的城市，起伏绵延的远山，为城市提供了奇妙的轮廓线，我喜欢在城市里看远山，看它们在晨雾或者晚霞中绰约变幻的姿态，它们使我心驰神飞，遐想翩跹。上海周围无山，实在是一种遗憾。而此刻，在梧桐林荫的衬托下，城市的楼房却成了远山。

它们使我想起唐代诗人杨凌《秋原野望》中的诗句："夕阳天外云归尽，乱见青山无数峰。"

我站在路边，看硕大的落日沉着地投向城市的怀抱。在它的红色光芒笼罩之下，城市的轮廓渐渐模糊，而远处的高楼，成了紫色的剪影，贴在深蓝色的天幕上。只有头顶的梧桐树叶，在秋风中发出自然的声响。当然，还有汽车的呼啸，谁也无法驱逐这烦人的市声……

我喜欢这个生我养我的城市，我曾经用我的文字追溯过她的曲折历史，描绘过她变幻莫测的四时景色。在描绘她的同时，我也常常在思考：一个有魅力的城市，也就是说，一个能以"魅力"这样的字眼来形容的城市，必须具备一些什么条件？这些条件，上海是不是都具备？

我想，一个有魅力的城市，最好是依山傍水。依山，自然是靠山而建，我到过很多有山的城市，譬如重庆、桂林、杭州，城在山里，山在城里，街道盘旋起伏，房屋层层相叠，入夜之后，城市的灯火和天上的星月交融为一体。城中无山，那么城外有山也很美妙，如果能在自己的窗户里看到云雾飘绕的远山，那是很有诗意的景象。这一点，建在平原上的上海无法做到。傍水，当然是指江海湖泊与城市为伴。水，生命的发源地，也是城市的发源地。没有水的地方，不可能有城市。城市如果建在海边，那是得天独厚，大连、青岛、烟台和威海这样的城市，沐浴在海风中，视野开阔，景色清朗。如果不是临海，那么有湖泊也不错，杭州的西湖，无锡的太湖，扬州的瘦西湖，武汉的东湖，济南的大明湖，为这些城市增添了无法言喻的迷人景象。人们能在湖波中看到城市的倒影，看到城市的灯光在水波中闪动。上海没有湖，这也是遗憾。没有海洋和湖泊，有江河流经的城市，同样令人神往。有兴趣的话，不妨看一下地图，世界上所有的名城，几乎都与河流联系在一起。巴黎有塞纳河，伦敦有泰晤士河，圣彼得堡有涅瓦河，基辅有第涅伯河，纽约有哈德逊河，曼谷有湄南河……这些流经城市的河流，不管是波涛汹涌还是微波荡漾，不管是辽阔浩瀚还是蜿蜒曲折，都妙不可言。我曾经站在基辅的城市花园里，从峻峭的河岸上俯视急流滚滚的第涅伯河；曾沿着宽阔的涅瓦河，寻找普希金和托尔斯泰的足迹；也曾在温缓的湄南河里泛舟，看成群结队的鱼在船尾寻食……在异国他乡，看到有河流经过的城市，我会情不自禁想起上海，上海是一个与水休戚与共的城市。如果没有长江，没有黄浦江和苏州河，上海大概不会成为一个城市，更不会成为一个东方大港，不会成为世界上的大都市之一。河流使我想起遥远的历史，想起祖先走过的漫长的道路。与江河为伴，是上海人的幸运。流水不断，冲开了闭塞和狭窄，把昨天和今天连成一体，江河通向大海，也通向未来。江河哺养了城市，哺养了城市人，然而人们以前并不珍惜对自己恩深似海的江河。黄浦江和苏州河曾经是上海人排污的垃圾箱，苏州河用它的黑沉腥臭抗议了大半个世纪，也把上海人讽刺了大半个世纪。在很多人的印象里，苏州河并没有为上海带来美，而是破坏着上海的形象。我的童年时代是在苏州河畔度过的，很多年前，我见识过它的清澈，在它的波浪中游过泳，也曾看到有人从河里钓上活蹦乱跳的鱼来。那时，我喜欢站在苏州河桥上看日落，看缤纷的晚霞飘落在河面上，一艘木船滑过，把水里的霞光搅得一片斑斓，犹如一匹飘动的织锦彩缎。若在从前，如果我把对苏州河的这些描绘写出来，肯定会有很多人嗤笑，说我是白日做梦。80年代初，我在一首诗中写苏州河时，曾经这样发出无奈的感慨："如果不能使你清澈，我宁肯为你装上盖子，让你成为一条地下之河。"写这样的诗句时，我自己也疑惑，如果苏州河真的从大地上消失了，上海会变成什么样子？最近这两年，经常听到治理苏州河的谈论，上海人希望苏州河变清的梦想，似乎已经在一步一步变成现实。苏州河畔，确实发生了很大的变化，我童年时代经常活动的苏州河沿岸，被改造成了绿化带。设计上海博物馆的邢同和先生，也是苏州河畔的这条新绿化带的设计者，有一次我和他闲谈，他告诉我，这只是他设想中的苏州河畔环境改造的一个开始，将来，苏州河畔大有文章可做。但愿，邢同和还能会为一条清澈的苏州河设计河滨花园。

我在上海生活了将近半个世纪，对这座城市怀有很深的感情。我曾经以为，这个城市出现的任何细微的变化，都无法逃脱我的视线。然而我终于发现自己错了，最近，当我驻足在任何一条马路上四处张望时，映入我眼帘的几乎都是陌生的景象。有些街道和老房子已经不知去向，而那些新建的高楼，一幢幢刺破青天，在越来越狭窄的空间里竞争着它们的伟岸和高峻。高楼大厦改变了上海的城市轮廓线，说这样的轮廓线柔和，其实并不恰当，更多时候，这轮廓线使我想起云南的石林，怪石林立，峥嵘斗奇。在落日的余晖中感受到的那种柔和，也许是一种例外，是一种错觉。

楼房建筑，是城市的主体。一个城市是不是有魅力，和她的建筑有没有自己的风格大有关系。上海曾经被世人称为"万国建筑博览会"，这和上海独特的历史有关，上海是中国最早大规模向世界开放的城市，人类创造的各式各样的文化都涌进了这个城市。其中最显眼，最持久的，便是建筑。如果要用一个词来概括上海的建筑风格，我想，大概只能用"千姿百态"来形容。外滩上的那些欧式建筑，向世人展示的是西方人的智慧和文明，是殖民时代的纪念，尽管它们所代表的岁月是中国人的耻辱，然而谁也不能否认它们在建筑艺术上的成功。这些用石头垒起的楼房，是那个时代智慧和才华的结晶。直到今天，它们依然是上海的标志。一幢成功的建筑物，往往汇集综合了各种艺术，建筑如同岁月的纪念碑，一个时代的建筑中，镌刻着那个时代的烙印，沉积着那个时代的情感，也汇集了那个时代的审美眼光和趣味。建筑又如同时代的接力棒，我们可以从城市建筑风格的演变中，探知文化、社会习俗和经济水平的进展变迁。位于外滩居中位置的原汇丰银行大楼，有着巍然的穹顶和峻拔的廊柱，气象万千如希腊神庙，英国人曾经自诩："这是从苏伊士运河到远东白令海峡的一座最精美讲究的建筑。"前几年，人们在这幢大楼的墙壁和穹顶上，发现被封存了将近半个世纪的精美壁画，我去看了这些用马赛克拼成的巨幅壁画，果然气魄不凡，精美绝伦，它们将 20 世纪 20 年代世界各大都市的风貌呈现在我的面前。可以想象，二三十年代的上海，曾经以一种怎样的气魄向世人展现着它的美妙建筑。当年留下的那些从外观到内部结构都十分讲究的楼房，以现代人的眼光来看，依然很有魅力。在这个城市里，我们还能看到不少六七十年代造的房子，那些千篇一律的"新工房"，也是那个时代的纪念。这些建筑，谈不上美，设计它们的时候，目的只是为了解决人居住空间的窘迫。这也是那个时代的纪念品。90年代的上海，是上海和全中国乃至全世界的建筑设计师大展身手的时代。上海这些年建造了无数高楼，据说是世界上建造新楼最多最快的城市。80年代末、90年代初，上海造的高楼大多单调平庸，那时，以高为新，以高为美，只要是几十层的楼房，便有鹤立鸡群，笑傲天下的威风了。现在回过头来再看那些高楼，实在不堪入目，就像一根根面孔雷同、缺乏个性的矩形水泥柱，杂乱无章地插在城市中。它们可能成为经济发展的在某一阶段的标记，但绝不可能成为建筑艺术。90年代以来，上海崛起的新楼开始令人刮目相看，建筑设计越来越讲究个性。每次经过人民广场，看上海博物馆和大剧院，我都会觉得赏心悦目。上海博物馆状如古老的青铜鼎，却洋溢着现代精神，这是将古老的中国风格和现代观念相结合的美妙之作。大剧院是一座辉煌的水晶宫，也像一尊展翅欲飞的现代派雕塑。这两幢风格完全不同的建筑相对而立，可谓中西撞击，古今交融，展示着现代人的想象力。这是对历史的思考，也是对未来的向往。这样的建筑，给人一种继往开来，襟怀博大的开阔感。使上海人备感骄傲的是浦东的新建筑，在那里，可以领略 20 世纪末上海建筑的最高水平。陆家嘴新建的楼房，已经可以毫无愧色地和世界上最著名的高楼相媲美。

不过，说起上海市区的高楼，我觉得遗憾多于欣喜。浦西的建筑新老交错，原来的城市的建筑风格正在消失。新楼的出现没有任何章法，只要挤出豆腐干大的一块地，就能变魔术似的建起一幢高楼来。新的建筑风格是什么？恐怕很难说出答案。新老建筑如犬牙交错，给人的总体印象，只能用一个字形容：乱。前些日子，我登上东方明珠电视塔远眺，只见数不清的高楼像无边无际的森林，起伏在云烟迷茫的天地之间。气势当然浩瀚辽阔，但我记忆中的老上海，却已经消失。新老交替，这是历史发展的规律，然而我还是感到若有所失，我熟悉的上海，我少年和青年时代的印象，怎么可能从记忆中消退？我一直认为，高楼应该集中建造在新的城区，例如浦东，上海的老城区不应该成为高楼的森林。这样的想法，再也没有实现的可能，远望浦西，我们已经迷失在高楼群中。

建设和保存，在城市发展的进程中，也许是一对很难逾越的矛盾。欧洲的很多城市出色地解决了这对矛盾，巴黎、伦敦、维也纳、威尼斯、圣彼得堡，都完整地保存了旧城的原貌，却并不妨碍新城的发展。在圣彼得堡访问时，我发现城里竟然完整无缺地保持着沙俄时代的旧貌，陀思妥耶夫斯基和涅克拉索夫如果转世回来，仍然能找到他们当年的住处。使我惊讶的是，圣彼得堡城里竟然没有一幢新的建筑，当年的街道、桥梁、皇宫、墓地，全都完整如初，没有一点损毁。为什么能这样，答案其实非常简单。

一位俄罗斯作家告诉我，当年苏维埃政权成立后，列宁和斯大林曾亲自参与制定保护古城的法规，不准损毁圣彼得堡旧城内的一切建筑，要造新楼，请去城外。这样的法规，一直延续到现在。我以为，这是一种对历史、对民族文化和对艺术负责的态度。

我没有去过罗马，但我读过一些关于罗马的书。在历史上，罗马曾经好几次重建。11世纪时，雄心勃勃重建罗马的贵族企图将旧的罗马城全部毁坏，推倒重来。为了取得建筑材料，他们竟然打碎无数精美的大理石雕塑，将它们烧成石灰。然而古老的罗马终于没能完全被毁灭，宏伟的竞技场、教堂和公共浴场被保存了下来，它们虽然失去了实用功能，成为残缺的废墟，但这些废墟仍是罗马最有魅力的一部分，因为它们代表着历史。这些废墟，犹如一尊尊巨大的雕塑，使参观者产生无穷的遐想。在我写这篇文章的时候，一位来自古城苏州的作家告诉我，苏州最近也在拆旧城，造新楼。市中心那条著名的观前街，已经全部被拆除。若干年后，人们会看到一条高楼林立的新观前街。不错，白纸上可以画新画，可是，到苏州去的人不是为了去看新画，而是想去感受古城。古城消失，苏州的魅力何在？当然，上海不是圣彼得堡，不是罗马，也不是苏州，要保留上海的全部旧建筑，那根本不可能，也不合理，那些代表着贫穷和落后的棚户区，必须改造。上海建筑现在的这种新旧交错，是一种无奈。不过我想，作为一个生活在当代的上海人，我们有理由要求这个城市变得更美，要求她在由旧变新时，能保留历史的脚印，不要只顾着炫耀富贵和豪华，却将文化和艺术的历史遗迹抹擦得干干净净。我把建筑比作雕塑，大概不算牵强。城市是一件由彩色几何体构成的巨型艺术品，无数人共同创造了它，建筑师、工人、园艺师、艺术家……无数人的智慧和血汗凝结在这件巨大的雕塑中。我们可以精心雕琢它，却没有权利毁灭它。

说到雕塑，又勾起不少童年时代的记忆。这座城市中的很多雕塑曾经留给我极为深刻的印象。小时候，我常常经过四川路，四川路桥头的邮电局，是一幢有着绿色穹顶的欧洲新古典主义风格的大楼，绿色穹顶柱子下面，有一组雕塑。我常常站在苏州河边上仰望那一组雕塑，因为离得太远，我无法看清雕塑的全貌，但是那位坐在地上俯视着苏州河的女神像，却给人安详的印象。沿着四川路往南走，走过南京路、汉口路、广东路，沿途的一些大楼的门面上，也有不少雕塑，记得有一组充当廊柱的大力士石雕，他们身上发达的肌肉和脸上痛苦的表情，使我难以忘怀。这些雕塑，和周围的建筑构成一个和谐整体。当然，这也是当年英国租界的艺术标记。在上海，那时还有两座文学家的雕像，一座是虹口公园的鲁迅坐像，另一座是西区街心小花园里的普希金铜像，那都是我喜欢去的地方。"文革"期间，这些雕塑不是被推倒，就是被砸碎，城市里除了领袖像，很难再找到其他雕塑。鲁迅像自然是例外。在偏僻的西郊公园，人们能看到两座雕塑，一座是力挽惊马的欧阳海，另一座是草原英雄小姐妹，虽然也是革命题材，却是那个时代难得的具有美感的城市雕塑，尤其是孩子和羊的群雕，表现了人和动物之间的温情和默契，现在回想起来依然有一种亲切感。雕塑，是城市建筑的组成部分，也是城市的标志。一座历史悠久曲折，文化底蕴深厚的城市，应该有自己的雕塑，它们既是对过去岁月的纪念，也是对现实生活的参与，对未来世界的向往。之前，上海不是一个多雕塑的城市，屈指算来，数不出多少能成为城市标志的雕塑。最近这些年，上海的城市雕塑多了起来，雕塑家们终于有机会为城市的美化展现才华。上海新雕塑的题材很广泛，譬如复兴公园的马克思和恩格斯像，外滩的陈毅像，上海图书馆后花园里的孔子像，市区街心花园里的聂耳像和田汉像、龙华烈士陵园里的烈士群雕……还将有更多的著名人物雕像，会出现在上海的各种处所。其实，上海历史上的很多人物，都值得为他们塑像，包括一些差不多被人遗忘了的小人物。举一个例子：1937 年 12 月，占领上海的日本侵略军在上海市区武装游行，炫耀武力，走过大世界门口时，有人在大世界楼顶振臂大呼"中国万岁"，然后纵身跳楼身亡。这种以生命抗议侵略者的壮举，当时曾震惊世界。这位无畏的殉国者，是大世界的霓虹灯修理工杨剑萍，一个普通的上海市民。现在，有多少上海人还记得他，记得这位为民族和这个城市的尊严献出生命的勇士呢？为这样的人物建一座塑像，是为了被忘却的纪念。

雕塑不仅有丰富的历史和文化的内涵，也应该成为城市的美景。在上海，能给人留下深刻印象的城市雕塑，似乎还不多。有些雕塑，实在无法使人的视觉产生愉悦。譬如外滩那座以三根水泥立柱组合而成的纪念碑，单调而冷漠，既无美感，也难以和它所承载的内涵吻合，而且与外

滩的环境极不协调。这样一座重要的纪念碑，如此缺乏艺术风格和品味，缺乏美感，怎能不让人遗憾，它无法成为新上海的标志，是很自然的事情。我相信，将来有一天，上海的建筑师和艺术家会在这里设计一座新的纪念碑。不过，耐人寻味的纪念雕塑，已经开始在上海出现，前几天，在电视里见到上海烈士陵园中的无名烈士纪念碑，那是横卧在地上的半个背影，他从地下奋力挣扎出地面，那身姿，那体态，似在向天呼喊，又似在沉思。这样的造型，虽然也有似曾相识之感，但还是能使观者产生无穷的遐想。

　　从前，乡村的人能搬进城里，属于"人往高处走"，是一种奢望。现在，越来越多的城里人向往着回归自然。要他们回到乡村去，暂时还不可能，于是，便希望能在城市里感受到乡村的情调。乡村的情调从哪里来？只有一个途径，扩大绿化，把城市园林化。树木花草，是城市人最值得珍惜的自然伴侣。我喜欢上海西南部的那一片老城区，很重要的原因，就是因为那里的林荫路。那些枝叶葳蕤的梧桐树，像一群温和宽厚的绿衣人，长年如一日，守护街道和楼房，也抚慰着为生活所操劳的城市人。烈日当空时，它们遮挡炎阳，播撒清凉；气候骤变时，它们像绿色的伞，为行人遮风挡雨。因为有了它们，冷冰冰的水泥建筑也有了灵气，有了生命，有了艺术的气息。它们是一年四

◂ p178 ⋮ 乌克兰街头雕塑

季的信号和标志。每年初春，当人们发现树枝上萌发出嫩绿的新芽时，会生出多少喜悦和憧憬；秋风呼啸时，黄叶如金色的蝴蝶漫天飞舞，使人仿佛走进了山林……记得淮海路上修建地铁车站时，从陕西路到茂名路那一段道路上的梧桐树被移走，失去绿荫的那一段淮海路，变得陌生而单调，原先的优雅和亲切荡然无存。走过那段无遮无掩的人行道进入林荫时，仿佛从荒漠走进了绿洲，两者之间强烈的对比和反差，使人情不自禁地为美化了城市的大树唱赞歌。在城市里，保护一棵大树，也许比保护一幢楼房更重要。楼房旧了可以重新修建装饰，大树枯死便不能再复生。一个没有树木花草的城市，绝不可能是一个有魅力的城市。我想起在街头看落日时产生的联想，那是古人描绘自然的诗句，自然的清新和谐、优美宁静，是古代诗人的向往。这样的向往，千百年以来一直没有变。今天的城市使我产生美感时，我的联想依然和自然有关。当我们被水泥的"森林"包围时，对大自然的向往会越来越强烈执著。

环境和建筑，是构成城市的基本因素。然而，它们绝不是城市之美的全部。人有人格，城有"城格"，城市人的品格观念和文化素养，决定着一个城市的精神。不过，这不是我这篇文章要探讨的问题。城市像一艘船，在岁月的长河里缓缓航行。最初，它们只是一条简陋朴素的独木舟，时代的发展和生活的进步使它们不断变化，独木舟变成了双桅帆船，变成了蒸汽机船……现代的大都市，已经像巨大的航空母舰。它们的目标港在何方？且让走向新世纪的人类来回答吧。

1999 年 4 月 16 日于四步斋

青铜的遐想

上海博物馆像一尊古老的青铜鼎，蹲伏在人民广场，屹立在大上海的中心。它的周围，是群峰起伏般的现代建筑，这有点像一个衣着简朴的古人，站在一群穿着时髦的现代人中间，与众不同。说它是古人，其实不妥，在它古朴的外形下，包裹的却是最现代化的设施。然而正是这种古典和现代的融合，使它成为 20 世纪末上海出现的无数新建筑中风格独特的一座。

论高度，上海博物馆在上海排不上号，论面积，它也算不上巨大。为什么在我的心目中，这尊古鼎却高耸入云，浩瀚辽阔？原因并不神秘，是因为它所包藏的内容。确实，若论它的内涵，若论它的象征意义，在上海，没有哪一幢新的建筑能和它相提并论。它是古老中华历史的象征，五千年的中华文明，在这个现代古鼎的内部，得到了七彩纷呈的展现。它也是灿烂的中华文化和艺术的象征，我们祖先深邃的智慧、惊人的想象力，以及那些巧夺天工的绝技，那些色彩斑斓的浪漫抒怀，在这里流光溢彩。流连在这幢奇妙的建筑中，我感受到作为一个有着悠久历史的中国人的骄傲。这里，也是中华文化和博大丰繁的人类文明的一个奇妙交汇点。前些日子，我去上海博物馆参观古埃及艺术珍品展，在惊叹于埃及古代艺术的神奇精美时，我忽发奇想，如果能将我们的祖先在同时期的创造与之对照，那大概是一件很有意思的事情。在参观了古埃及艺术珍品之后，我随即走进隔壁的青铜馆，细细欣赏曾使全世界惊叹的中国古代青铜器。这些青铜器，我已看过很多次。使我感到欣慰和骄傲的是，和同时代的古埃及艺术品相比，我们的青铜器一点也不会逊色。那些铭刻在青铜上的繁复精密的花纹，是如此精美，又是如此神秘，面对它们，我由衷地对我们聪慧的祖先产生钦佩之情，也对人类的想象力产生无限感慨。

把我们的博物馆设计成青铜鼎的形状，是一种前无古人的创造，然而这种创造，却是现代建筑师从古人的智慧中获得的灵感。有这样的奇妙建筑耸立在我们生活的现代都市中，使我时时领悟到：我们的历史，我们的文化，我们的审美趣味，我们的情感和想象，绝不是无根无基的空中楼阁，它们都来自一个古老的源头。那一脉清源万里迢迢而来，历经千山万壑终不枯涸，如今汇集成了波澜壮阔的大海汪洋。

1999 年 9 月 12 日于四步斋

远去的马蹄声

　　我的童年是在上海的黄浦区度过的，在这个也许是全世界人口最稠密的地区，有很多美妙的建筑，它们曾经引起我斑斓缤纷的幻想。譬如和人民公园相邻的上海美术馆，它的外形、它的历史、它的传说和故事，就常常使我浮想联翩。这座有着将近七十年历史的大楼，在旧中国曾经是跑马总会大楼，中华人民共和国成立后却成了图书馆，现在又被装修一新，成了上海美术馆。

　　在南京路上，那座钟楼曾经那么引人注目。那是一个时代的标志。二十年前，我熟悉的一位摄影家曾经拍过一幅照片，题为《图书馆和落日》，照片上，那钟楼像一个戴着尖顶礼帽的绅士，伫立在夕照中默默沉思。夕阳已经消失了耀眼的光芒，像一面巨大的圆镜，悬在他的肩头。他在沉思什么呢？是这里昔日的喧闹和疯狂，还是更遥远的荒凉和萧瑟？既然是图书馆，他应该是一位满腹经纶的博学之士。然而他的前身却是供人赌博的跑马厅，是赌徒们狂欢和失落的地方。联想起来，有点滑稽。

　　关于这栋建筑，我从前还听到过一个传说：建筑师在设计它时，搞错了一个数据。等大楼落成后，这位建筑师才发现自己的错误，然而已经无法补救。因为这个错误，建筑师认为这栋大楼不久就会倒塌。他无法面对即将来临

上海钟楼

的灾难和耻辱，便从钟楼上跳下来，为自己的作品和错误殉葬。这故事编得有点荒唐，当然不可能被证实，也许，是好事之徒酒后的杜撰，但这无稽的传说，却使这栋大楼在我的心里生出几分神秘感。

少年时代，我并没有仔细研究过这栋建筑的造型。记忆中印象深刻的，倒是那些坐西朝东的看台。从前的上海体育宫，将当年跑马场的看台保留得非常完整。我们曾经在那里开过运动会，坐在有着大屋顶的水泥看台上，我想象着曾经出现在这里的场面：跑道上赛马驰骋、烟尘飞扬，看台上人声鼎沸，观众的呼喊似乎能冲破屋顶……骑手策马冲刺时，有人欢呼雀跃，更多的是咒骂和叹息。直到现在，我还没有机会到现场看过赛马，只是在电影和电视中看国外和香港的赛马，儿时的想象，和实际的景象还是有很多差别的。

在人民公园西侧一角，也曾保留着一部分跑马场的看台，那是和跑马总会大楼连为一体的建筑。水泥的台阶面对着公园的草地，那里是孩子们游戏的地方。在童稚的目光里，这看台是山，是塔，是通天之梯。看台周围，是公园偏僻的角落，冷清而安静。我曾听一位老人站在看台下谈往事，他讲的不是赛马，而是"抗战"时代的故事。那时，这里不是跑马厅，是日本侵略军驯养军马的地方。于是，和这看台有关的联想，又变得阴森恐怖……

成年后，这栋大楼是我向往的地方，因为，这里是图书馆。这幢建于1932年的大楼是典型的新古典主义建筑，石头和红砖，垒出了举世无双的构架。外墙上那些塔什干式的方形廊柱，撑起了大厦的巍峨。七十年前，这样的大楼在世人的眼里已属摩天。古典的繁复和现代建筑的流畅，在它身上得了充分的体现。我曾经沿着那旋转的大理石楼梯，走进楼上的阅览室里看书。午后，阳光从西面的窗户里射进来，斑驳的金红色阳光在柚木地板上无声地踱步，精美的窗棂在阳光里闪烁着神奇的幻影。在记忆中，书的美妙意境和房子里的典雅氛围已经融为一体。图书馆南面，和钟楼毗邻的建筑，是原先的美术馆。美术馆展厅不算大，我在那里看过的画展不计其数。印象最深刻的，是毕加索画展和亚当斯的摄影展。毕加索作品中那些被扭曲了的狰狞面容，在展厅白色的灯光里显得意味深邃。而亚当斯那些黑白照片，将大自然神奇的景象展示得纤毫毕现，给我的感觉竟是一种惊心动魄。记忆中的这些画面，和有着钟楼的大楼叠合在一起，在我的心里装订成一本多彩的历史画册。

如今，这栋大楼已经变成了新的上海美术馆。几天前，和朋友一起走进了这幢面貌大变的楼房。当年跑马厅的看台，已经被拆除，在看台的地基上，面东的高墙向外扩展，使大楼变得宽敞阔大。站在美术馆门外，抬头谛视那一堵和面西的老墙完全相同的新壁，不禁感叹现代建筑师复旧拟古的能力。

进门后，眼前顿觉豁然开朗。底楼的两个大展厅，空旷高敞，玻璃的穹顶上似有天光洒入。在这样的厅堂里，任何大师的画和雕塑都不致被辱没。正在展出的是年轻画家的创新之作，绚烂耀眼的画面和展厅里古典的气息形成有趣的反差，也是一种艺术的和谐。而那些青铜的雕塑，正以惊奇的目光，从四面八方凝视着这个早已无法辨认的世界。这里，原来是跑马厅内部骑手和马匹等候上场的地方，并不是一个寂静的所在。开赛前，铁蹄在地上焦急地点动，马的嘶叫和鼻息，骑手的吆喝和鞭子的呼啸，在空中交织成紧张的气息……此刻，在寂静和优雅之中，要想回溯当年人马杂乱的景象，已经没有可能。

大楼被拓宽的那一部分，新添了石头楼梯，楼梯的形状和扶栏，一如当年模样，只是阔大的气派今非昔比。底楼和二楼之间，大概是当年跑马厅的包厢，现在成了画廊。二楼的两个大展厅，完整地保留着原来的内部装潢，柚木地板和墙壁，柚木的大门，墙上那些精美绝伦的雕饰，巨大的壁炉，都完好地存在着，无声地向来访者描述着从前的奢华。我发现，这里正是我曾经读过书的地方。此刻，墙上挂满了风格各异的中国画，画面上的山水花鸟，是中国艺术家们的心灵写照。这样的中西合璧，也是相映成趣。

新的美术馆，规模之大出乎我的意料，想在一个下午全部仔细参观，根本不可能。三楼的展厅里，有近百年来海上名画家精品汇展，还有西北的皮影戏人物……在这些展品前忘情流连时，窗外的日头已经偏西。我想，来日方长，且留下一些悬念以后再来慢慢解开吧。

沿着钟楼下原有的环形大理石楼梯往下走。我又看到了楼梯上那些熟悉的雕花铁扶栏，扶栏上的花饰，是马头的浮雕。一个个马头下垂着视线，像是在沉思，又像是在走出跑道前紧张地屏息等待。

马？为什么又出现了马？没有办法，谁也无法将历史的纽带一刀割断，更无法将岁月的足迹一笔抹掉。然而，曾经在这里回荡的马蹄声，已经越来越遥远，再也不可能回返。

2000 年 4 月 20 日于四步斋

智慧之花

十五年前，有一天晚上我乘飞机飞抵墨西哥城。从机窗俯瞰大地，只见地面上一片灯海，这灯海波澜起伏，一望无际，仿佛集中了全世界的灯光。在这之前，我还从来没有看到过那么多的灯，也无法想象地球上有如此巨大的城市。当时，我也曾在夜晚乘飞机飞临上海，在空中俯瞰夜上海，看到的是一种完全不同的景象，没有辉煌的灯火，也看不到楼房的轮廓，黑蒙蒙的地面上，闪烁着稀疏暗淡的灯光。同样是上千万人口的大城市，两个城市之间的悬殊竟是如此强烈。对照之下，我有些沮丧。如以城市的规模和繁华的程度与海外的国际大都市相比，作为一个中国人，一个上海人，我实在难以生出自豪之情。不过，我的记忆的屏幕上绝没有因此而一片空白，我想起了坐落在上海的无数精美的楼房。我知道，作为一个有着近千年历史和近百年繁华旧梦的城市，上海楼房的丰富和多样，可以使世界上任何一个城市相形失色。然而当时这样的想法，则近乎是"阿Q"的自我安慰。

这当然已经是老话了。今日的上海，和十五年前的上海已经不能同日而语，在这十五年中，上海发生了如此巨大的变化。这变化中最引人注目的便是城市的建筑，新的高楼大厦从我们这个城市的每一个角落拔地而起，以各种各样的形状和姿态占领着地面和天空，改变着上海地平线的轮廓。前几天，我从海南岛乘夜班飞机回上海，在空中俯瞰夜幕笼罩下的上海，只见灯光如海，无边无涯，在我的视野里一直铺展到天的尽头。在灯海中，能清晰地看见灯火勾勒出的道路和建筑，道路大同小异，都是一条条晶莹闪烁的直线，而建筑就不同了，它们高低不等，曲折多变，如高塔、如危岩、如艨艟、如巨兽、如精致的杯盘瓶盏，也如朦胧的丛林山峦，在天空下闪动着神奇的光芒。这是现代国际大都市的光芒，这光芒照亮了茫茫夜空，折射着人类的智慧和人间的繁华。很自然地，我想起了十五年前在美洲看到的那一幕。眼前的灯海，和十五年前使我惊讶不已的海外奇观相比，显得更辽阔，更辉煌，更令人目眩。而且我很清楚，我在飞机上看到的灯海，只是上海的郊区！在繁华的市区，夜空下的灯海该是何等的变幻莫测、夺目耀眼？

所有到上海的人都惊叹上海的巨变，惊叹上海城市建设的飞速发展。新的楼群正以空前的速度驱赶、覆盖、挤压、改变着旧的建筑。这是时代前进的脚步。

是的，建筑是历史的脚印。不同时代的建筑，凝结融合着不同时代的经济、文化、艺术和风俗，可以说，建筑，是一个时代的智慧、情趣、财富和审美品味的结晶和象征。如果把一个城市比作一个人，那么，建筑就是这个人身上的衣衫。从一个人的穿着可以看出一个人的性格和他的情调品味，从一个城市的建筑也可以断知这个城市的性格和他的遭遇。旧上海，被人称为"万国建筑博览会"，世界上

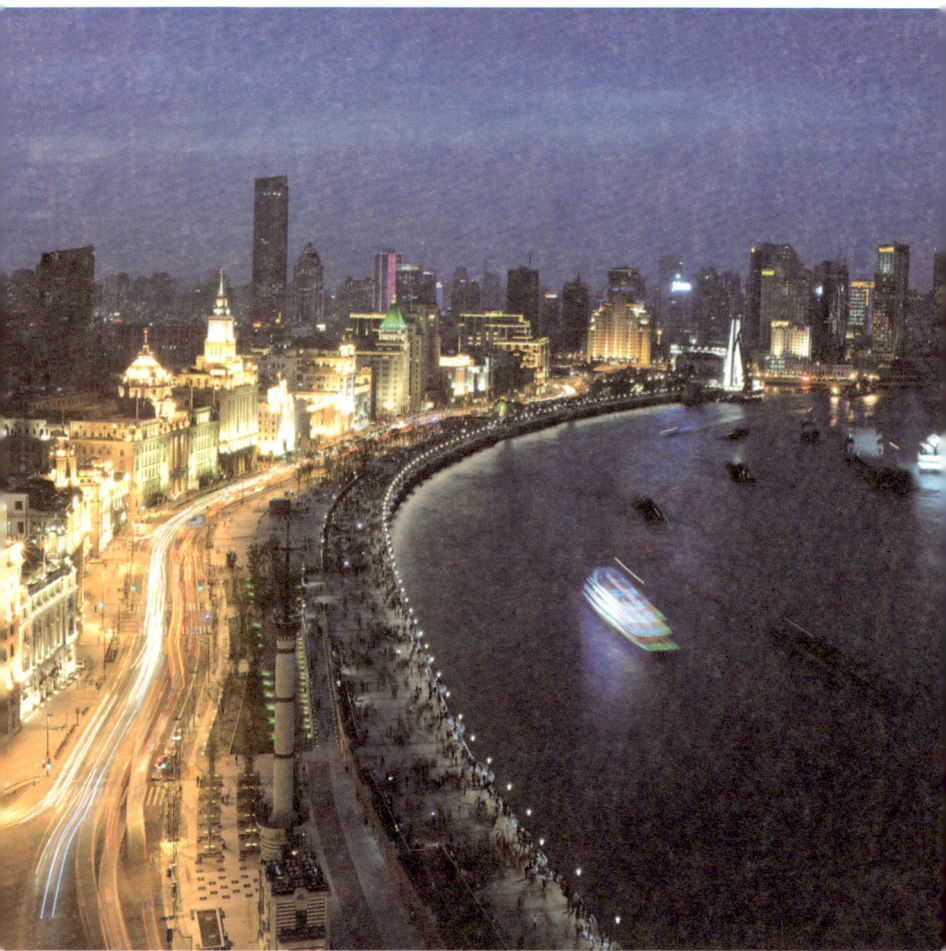

上海夜景

所有的建筑风格，在上海滩都能找到蓝本。就看外滩吧，这里的每一栋建筑都有不同的风格，既有古希腊和古罗马的建筑风格，有巴洛克和哥特式建筑风格，也有欧洲文艺复兴时期的各种风格的建筑，还有犹太和日本风格的建筑。譬如建于1923年的汇丰银行，便是古希腊和古罗马建筑的混合，那巨大的廊柱和巍峨的圆顶，犹如古罗马的万神殿。当年，建造这栋大楼的英国人曾经自诩，"这是从苏伊士运河到远东白令海峡的一座最精美讲究的建筑"。这大概不是夸张的评价。小时候，我常常到外滩去玩，站在这栋有着巨大圆顶的庞大楼房面前，我感到张皇失措，感到神秘莫测。这样的建筑，是岩石屈从于人类想象力和创造力而开出的绚丽的花朵，人类的智慧和灵巧使花岗岩开出了永不凋谢的花。那时，大楼门口有两只造型精美的铜狮子，我曾经骑在铜狮子的背上，仰望着头顶上那通天的圆柱，陷入荒诞的幻想，我的眼前，幻化出无数古希腊神话中的人物……

我的手边有摄影家尔冬强赠我的一本画册：*A LAST LOOK*（《最后一瞥》）。这是一本很耐读的画册，摄影家将旧上海那些建筑精美、风格迥异的老房子一栋一栋地摄入自己的镜头，从外观到内里，从远眺的全景，到近观的局部，那些色彩和形状完全不同的院墙、屋顶、门廊、窗户、楼梯，一直细致到廊柱和窗户上的浮雕花饰……读这本画册时，给人的感觉真正是美不胜收。如同千人千面，这些老房子也是一栋一个面孔，绝无重复和雷同。面对这些建造于大半个世纪前的老房子，你不得不赞叹我们先辈丰富的想象力和巧夺天工的手艺。看这些老房子，你得承认，拥有这些建筑的城市是一个崇尚艺术、崇尚个性的有品味的城市，是一个宽宏大量、海纳百川的有博大胸襟的城市，是一个将高贵与平凡、恢宏与精微融于一体的城市。我非常惊讶，有些房子，我曾经见过，却熟视无睹。在画册中我几乎认不出这就是我天天看到的老房子，它们是那么新鲜，那么与众不同。譬如复兴路陕西南路口的陕南村，很多年来我三天两头就从它的围墙边经过，有一次去看望住在陕南村的老作家黄裳，我还踏进过其中的一栋楼房。当时只觉得环境优雅，房子也造得精美，过后却没有留下特别的印象。在 *A LAST LOOK* 中见到它时，我突然发现，它们原来是那么美妙的一群楼房。这是一张俯瞰图，尔冬强从空中选择了一个我从未见到过的视角。在绿色的浓荫间，这群楼房以不规则的位置错落有致地排列着，避免了整齐划一和重复的单调，绿荫丛中，露出红色的呈复杂几何图形形状的屋顶，红黄相间、拥有流畅线条的楼墙，造型别致、对称起伏的烟囱……有些房子，我在这本画册上才第一次看到，它们默默地坐落在我们这个城市的许多不引人注目的角落里，从不招摇，也从不张扬，只是以自己那份独特的优雅为历史作着彩色立体的注释。这些老房子，有的已成为工厂的车间，有的一直住着普通的居民，造型优美的窗台上，晾晒着五颜六色的衣服。它们使我惊叹，在上海，原来潜藏着这么多精美绝伦的建筑。

当然，上海的老房子，不全都是这样精美讲究的。和当时社会的贫富两极分化一样，上海的老房子也存在着两极分化。尔冬强镜头中的老房子是一极，是占据着少数的一小极，在旧上海的建筑中，它们鹤立鸡群。在铺天盖地的"鸡"群中，"鹤"是少数。在这个民居如蚁穴的拥挤不堪的大城市里，更多的是简单而实用的居民住宅，它们是占大多数的一极。在这一极中，最有名的，当数石库门楼房，这是上海人的创造，是很典型的中西合璧的近代建筑。石库门楼房的外貌也不是千篇一律，它们的色彩、造型都各有千秋，墙面有青砖和红砖的，也有水泥浆灰粉刷的，它们的外貌吸取了很多西式楼房的特点。然而打开前门走进去，从天井到中厅，再到两侧厢房、灶庇间，你会觉得是走进了老式的江南民居。如果在幽暗中踏着狭窄的木楼梯走上去，经过玲珑的亭子间，走进宽敞的前楼，或者折入幽深的厢房，简易的卫生间里白瓷砖一亮，犹如乌云中射入一缕阳光……这时，你会觉得有点像西式的"HOUSE"。然而和西式的"HOUSE"相比，石库门楼房处处显出狭窄局促。窄小的弄堂，幽暗陡峭的楼梯，推开房间的窗户，伸手似乎就能触及对面人家的门墙，邻里间的气息响动清晰可闻，没有什么隐私可言。还有一个大的区别，西式的"HOUSE"周围总有几棵树木，楼房被绿荫掩隐着，而石库门弄堂里难得有绿荫，这里的空间已经被砖木塞满。石库门楼房是为囊中羞涩的市民们建造的，设计这样的房子，正如同培根所说："造房子是为了居住，而不是为了让人观赏，所以，必须优先考虑房子的使用价值，然后再考虑房子的式样问题。"这是贫困者的建筑观念。然而谁能说设计石库门房子的建筑师们没有在房子的式样问题上绞尽脑汁呢？石库门房子虽然简陋，但设计者还是在美观上下了功夫。石库门房子中，牌坊、门楣、屋檐、窗台上的装饰，绝少有重复。一些门楼上的砖雕，今天看来都是精美的艺术品。而这些装饰，显然不是为了居住，而是为了让人观赏，为了愉悦人的视线。譬如陕西南路的步高里，是很典型的石库门房子，步高里门口，有一个坐东向西的高大牌楼，中国式的牌楼造型雄伟古雅，像宫殿和庙宇的门楼。在当年洋楼林立的法租界中，这牌楼是很耀眼的一道风景，直到今天，这牌楼依然引人注目。听住在步高里的一位朋友说，70年代西哈努克亲王在中国避难时，有一次乘车经过陕西南路，被路边的牌楼吸引，以为这是旧时代留下的庙宇，便下车来参观，走进牌楼，才发现这里是老百姓的住所。这样有特点的居所必定在他的记忆中留下了深刻印象。前几天，我去看了一片由石库门改造的"新天地"，在离淮海路不远的市中心，原来是成片的居民弄堂，现在还保留着石库门的外墙，里面却已面目全非，富丽堂皇得像五星级宾馆，石库门里应该有的气息荡然无存。根据投资者的设想，这里将成为宾馆、商场、饭店、酒吧，成为一个旅游景点。从那片已经虚有其表的"石库门"里走出来时，我的心里存着几分疑惑：这样的地方，来寻访旧上海脚印的旅游者会有兴趣吗？既然是"石库门"，就得保存门墙里原有的生活气息，保存上海人曾经有过的窄小和狭仄，保存那股特有的烟火俗气。

尔冬强用《最后一瞥》作为他的那本摄影画册的名字，其含义是不言自明的。上海的老房子，正在随着大规模的旧城改造和新的建设而消失。画册中的有些房子，已经成为高架大道和新的高楼大厦的地基。这是既让人兴奋也让人遗憾的事情。然而一个城市的建筑不可能在一夜之间一改旧时容颜。在城市的建筑上，上海无法像巴黎和圣彼得堡那样，将旧城的昔时容颜原封不动地保存下来，上海只能是一个新旧交替，新旧并存的城市。在尔冬强为外滩拍的照片上，起伏的旧房子后面，已经崛起高大的新楼，从欣赏美学的角度来看，这是一种不和谐。然而有什么办法呢？摄影家当然无法改变这样的现实。

时代的风格，决定了建筑的风格。盛唐，留下了不朽的长安城，而辉煌的北京皇城，则是强盛的明代的象征。"万国建筑博览会"式的旧上海建筑，是殖民时代的纪念。在20世纪中后期，即50年代到70年代，上海造过很多楼房。这些楼房，改善了很多从前住在棚户区里的上海人的居住条件，体现了社会的进步。以现在的眼光来看，这些楼房，大多数是"为了居住，而不是为了让人观赏"。房屋的外形，几乎没有什么讲究，都是火柴盒似的一个一个方块，灰兀兀的水泥墙，千篇一律的面孔。那时建造的很多新村，几十栋外形一模一样的楼房排列得整整齐齐，像乏味的兵营。它们甚至不如旧时代的石库门房子。那是一个在建筑美学上少有建树的时代，粗糙、简单、实用代替了一切。我的身边就有最现成的例子。我原来居住的绍兴路，从前是法租界的莫里哀路，路的中段有一栋建筑于30年代的西式公寓，五层楼，外形简洁流畅，方圆相间的窗户，流线型的阳台，楼前有一个两亩大的花园，园内有高大的雪松、精致的花坛。这个花园公寓，曾经是这条路上最漂亮的建筑。70年代初，人们砍倒了花园里的大树，在花园里造了两栋简陋的六层楼住宅。于是，昔日的花园公寓不复存在，而那两栋镇压了绿荫、阻挡了阳光的灰色水泥楼，便成了那一个时代的象征，它们的粗糙和单调，和那栋被挡在阳光背后的公寓形成了极其鲜明的对照。因为有过这样一个不注重建筑美学的时代，人们对建筑的审美意识几乎有点麻木了。造一栋房子，外表美观与否是无所谓的，只要实用，只要可以在房子的内部装潢出舒适的居住空间。对于一家一户而言，这也许很实惠，无伤大雅。然而对一个城市而言，就可能是一场灾难。这灾难便是：城市变得毫无个性、毫无风格、毫无美感。一个城市的个性、风格和美感，正是由建筑交织融合而形成的。在60年代和70年代，我到过不少城市，感觉所有的城市都大同小异。为什么？因为这些城市的新楼房几乎都出于同一模式。

十多年前，我曾经和上海的一位建筑师聊天，建筑师告诉我，他的设计，很少有变成现实的可能。他说："机会实在太少。我的设计再好，如果不能付诸实施，一切都等于零！"我很难忘记他说这句话时那种黯然无奈的神情。今天，时代终于给了中国的建筑师们大显身手的机会。此刻，你推开上海的任何一扇窗户，都能看到他们的作品。这几年新造的高楼大厦争奇斗艳，异彩纷呈，使人眼花缭乱。前些日子听电台广播，听到一则关于建筑的新闻：从80年代后期至今，上海新建造的二十层以上的高层建筑多达八千余幢！这是一个令人咋舌的数字，它可能创造了一个新的世界纪录。这些新的高楼大厦，使上海人扬眉吐气。

上海在建筑领域停滞不前的时代，已经一去不复返。因为这种变化来得迅猛，迅猛得如同钱塘江大潮，恐怕大多数上海人无法将这些新出现的建筑说出个一二三四来。人们只是觉得惊奇，这么多高楼大厦，什么时候造起来的？

有人说，现在是一个建筑的时代，这不是无稽之谈。以经济腾飞的姿态出现在世界面前的上海，她的这些新建筑，当然再也不仅仅"只是为了居住，而不是为了让人观赏"了。细心的观察者都会发现，这些新出现的高楼大厦一栋一个模样，每幢新楼都试图显得与众不同，试图表现出独特个性，就像在街上行走的青春少女，每个人都穿着不同的服装，其中不乏奇装异服。它们的形状有长的、方的、圆的，也有菱形的、三角形的，还有不规则的多边形，甚至有模仿巴黎的凯旋门，将大楼造成中间镂空的门字框架形建筑……这些高楼所使用的建筑材料也丰富多样，除了钢筋混凝土，还有玻璃、不锈钢、花岗岩、釉面砖，甚至有了镀金的屋顶。

这些千姿百态的新建筑，确实是经济腾飞的标志和象征，也展现了现代人的想象力和创造力。然而平心而论，在为这些新建筑的数量和建设速度骄傲时，我还难以为它们在美学上取得的成就陶醉。这八千幢高楼中，有多少重复之作？有多少平庸之作？有多少丑陋之作？多得难以统计。从空中俯瞰，很多高楼都是大同小异的矩形水泥柱，而那些以玻璃为墙的方形大楼，简直就是对美国建筑师密斯·凡·德·罗的简单模仿。其中有多少能使人一见倾心，一睹难忘的独特之作呢？似乎寥寥可数。人心的浮躁，在建筑中也表现出来了。是的，新的上海以林立的新建高楼有别于其他城市，然而倘若问一句："这些新的高楼的风格是什么？"你大概会哑口无言。毫无疑问，新的建筑，未必是成功的建筑；高大的建筑，未必是不朽的建筑；富丽奢华的建筑，也未必是美丽的建筑。历史的目光会无情地对一切进行筛选。有人把建筑比作画，不错。一个画展，展出后可以收起来，那些蹩脚的画，可以束之高阁不再示人。建筑就不同了，它们矗立在那里，只要不发生地震火灾，它们可能十年百年甚至几个世纪地矗立下去，占据着一代又一代人的视线，成为历史的雕塑。所以克·雷恩说："建筑学追求的是永恒。"永恒，当然不可能，可以换一个词："久远。"最近读中国建筑师张开济的《建筑一家言》，他是不主张多造高层建筑的。书中谈到一个发生在美国的故事：50年代，美国圣路易斯市造了一大片高层住宅，可是建成后，发现缺点很多，1976年，这个城市决定把这一大片高层住宅全部炸毁。这样的故事，使人心惊。但愿这样的故事不要在上海重演。

是的，上海是一个新旧交替并存的城市。在高大的新建筑的"阴影"下，旧上海那些老房子成了巨人国里的小矮人。然而高大和矮小不是衡量建筑美丑优劣的标准。小矮人未必丑陋，巨人也未必漂亮。我不是一个守旧崇古的人，但是面对那些建造于大半个世纪前的旧房子，我不得不感慨它们的独特和精美。作为过去时代的象征，它们无愧于先人，无愧于历史。我们所处的时代，是气象万千的时代，是打碎枷锁和桎梏的时代，在建筑上超越先人，超越历史，应该是顺理成章的事情。在上海新建的高楼中，也确实有了许多成功的杰作，以我个人的眼光，像金茂大厦、浦东国际会议中心、华亭宾馆、上海商城、新锦江宾馆、上海博物馆、上海广电大厦、新世纪广场等建筑，都是非常漂亮的建筑，而且有时代特色，在设计上与众不同，很有创意。我知道，任何一个上海人，都无法将那八千幢高楼一一欣赏完毕，其中的佼佼者，必定会脱颖而出，迟早要被人发现。前几日见到尔冬强，他正在整理最近的摄影作品，其中有一些上海的新建筑。尔冬强告诉我，在浦东，他看到了一些很出色的建筑，这些高楼已经进入他的镜头。我在他的照片中欣赏了这些新楼，我叫不出它们的名字，也不知它们坐落何处，但是它们确实向我展示了建筑的独特和精美。这样的建筑，使那些模样呆板、面孔雷同的楼房相形见绌。看来，上海新建的高楼也存在着两极分化，一极平庸粗糙，缺乏个性，一极精美独特，富有时代精神。但愿在以后的岁月中，后面那一极会渐渐壮大起来。都说建筑是凝固的音乐，音乐也有优美和拙劣之分，那些拙劣的音乐，只能是噪声，破坏着大自然和生活的宁静。那么，和我同时代的建筑师们，请用你们的才华，多创造优美的音乐吧，让它们凝固在空中，成为我们这个时代的美好象征，成为盛开在天地之间的智慧之花。

再过半个世纪，现在的这些新楼都成了老房子，成了历史的遗迹，到那时，会不会有几个"尔冬强式"的艺术家激情洋溢地拍几本 *A LAST LOOK* 一类的画册，向 21 世纪的中国人展示 20 世纪末的中国建筑风格和成就，并且让他们为自己的前辈骄傲呢？

2000 年 4 月 18 日于四步斋

诗意的居住

　　我看到不少新住宅用了这样一句广告词："人，诗意的居住。"尽管那些放广告的住宅也许离这样的境界相去甚远，但我喜欢这句话。这句话，使人遐想，也让人思索。"诗意的居住"，这"诗意"究竟是什么？颇值得玩味。

　　"诗意的居住"，首先当然是住宅建筑本身。建筑是一门艺术，一栋楼房，就是一件艺术作品，它是绘画、雕塑和所有造型艺术的综合。从前中国人造住宅楼只是解决最基本的居住问题，房子能遮风避雨，能搭个床铺睡觉，就达到了目的，至于房子是否造得好看，是否设计得有艺术气息，有个性，那不重要，甚至可以完全忽略。20世纪50至80年代建造的那些千篇一律的简陋的工人新村，我们看得太多，它们是那个时代的纪念碑。这些建筑，大多还在，现代人都发现它们实在没有一点美感，没有诗意，所以想方设法美化它们，给它们加盖屋顶，把外墙涂得色彩缤纷。最近这二十年，到处大兴土木，中国的建筑设计师生逢其时，有了展现才华、诠释建筑诗意的机会。新建的住宅如雨后春笋，而且给人争奇斗艳的感觉，追求与众不同的个性，追求给人美感的视觉效果，已经成为普遍的准则。现在的住宅，绝不仅仅是居住存身的需要，也是审美的需要。但是，到底什么样的建筑才符合"诗意"的要求，这不会有标准答案，不管是豪华还是简朴，不管是气势雄浑还是精致细微，不管是西洋风格还是东方韵味，只要布局恰当而新颖，只要合理而别出心裁，都可能诗意盎然。说得简单一点，可以用一句话表述：只要看着顺眼舒服。除此之外，还有一个更重要的因素，那就是我要说的第二点：环境和氛围。

以前我们往往把建筑看作是一个独立体，建筑的本身就是一切。其实，一栋单独的建筑或者一个建筑群的设计成功与否，和它们与环境的关系是否和谐自然，有着极大的关系。上海外滩的建筑群，之所以成为上海的标志，历经大半个世纪而魅力不减，除了这些建筑设计建造的独特精美，更重要的原因是它们和周围的环境形成极为和谐的关系，在黄浦江畔错落有致，拉出一道曲折美妙的天际线。现在它们的周边和背后出现了摩天大楼，就破坏了原有的和谐。这些年新建造的住宅，越来越注重环境，注重自然的氛围。我曾经写过一篇文章，谈我理想中的居住环境，最美妙的住宅，应该建造在有山有水有天籁之声的环境中。最近去杭州，看了依山傍水的玫瑰园和桃花源，便符合我的理想，房屋建造在山水之间，远离了都市的喧嚣，出门闻水声，悠然见远山，人和自然融为一体。但对于大多数城市居民来说，这是遥远奢侈的事情，能选择到这样的环境造住宅，谈何容易。我以为，建筑设计中的最巧妙的智慧，就是在人为的住宅周围营造自然和天籁的氛围，用树木花草，用精心设计的流水小桥、曲折幽径达到这个目标。"都市里的村庄"，曾经是一个带贬义的词，而今天，这却是建筑设计师们应该追求的目标，在现代生活中，创造一种田园的意境和情怀，这就是诗意。

人文的气息，也是诗意的源泉。什么样的居住地才算是具备了人文气息？这也是仁者见仁的事情。人文的气息往往和历史有关联，历史是不能杜撰的，有些住宅用了一些很有历史和文化韵味的名字，譬如"罗马花园""大观园"之类，其实新的建筑和这样的名字所代表的人文内容并不相干。有些住宅区里，做了很多模仿古希腊古罗马的雕塑，尽管做得很像，但总给人不伦不类的感觉。勉强和造作，很难给人诗意的感觉，有时适得其反。我想，新建住宅的人文气息，无法单靠外在的东西营造出来，这需要时间，需要居住者的投入和参与，我参加过上海一些社区的读书和艺术创作活动，参与者都是社区居民。这样的活动多了，成了平常的社区生活，人文气息自然就会浓郁起来。这也许并不属于建筑的话题，却和"诗意的居住"大有关系的。建筑师在设计住宅小区时，应该把这部分内容考虑在内。

"人，诗意的居住。"但愿这不仅仅是一句空洞的广告语。希望有更多的设计师和建设者为此创新创造，身体力行，我们的城市将会因此而诗意盎然。

2004 年 10 月 22 日于四步斋

玉色晶莹汉气象

到徐州，头一件事情就是看博物馆。

徐州博物馆面对着云龙山。很远就能看到那幢颇有大汉气魄的巍峨建筑。白色的花岗岩，托起一个青铜屋顶，就像头戴铜盔的汉代大将军，威风凛凛俯瞰着他面前的宽阔大道。这条大道，将迎接参观者走进历史，走进一个古老的艺术世界。

徐州古城历史悠久，汉高祖和楚霸王曾以这里为舞台，演出过慷慨悲壮的史剧。金戈铁马，黄钟玉帛，胜者的欢歌和败者的哀叹，早已被岁月的沧桑尘封。然而总会有一些历史的痕迹留下来，它们以最独特的形态，凝集着那个时代的智慧、才华和骄傲，把远去的历史逼真地凸现在你眼前，让你情不自禁地为之惊叹感慨。这些历史的痕迹，就是陈列在博物馆里的那些艺术品。

徐州博物馆里的展品，最吸引我的是汉代的玉器。我看到过不少汉代的石雕，如西安霍去病墓前的战马，连云港孔望山上的石像。这些石雕，表现出汉代艺术恢宏博大的气度，而徐州博物馆里的这些玉器，表现的却是汉代艺术的另一面，精致，文雅，玲珑。徐州博物馆的标志，是一条汉代的玉龙，其造型如英文字母"S"，玉龙曲尾回首，线条之流畅，形态之生动，让人叹为观止，不愧为玉雕中的精品。在博物馆的汉玉馆中，我见到了这条玉龙。那是一片长不到一尺，宽不过数寸的玉片，温润高洁，晶莹剔透，雕刻的工艺堪称完美，狰狞的龙首，飞扬的龙爪，布满精细纹饰的龙身，无不表现出非凡的想象力。据说，在徐州出土的汉墓中，这样的玉龙并不鲜见。这里展出的玉器共一百七十余件，可以说件件都是精妙之作。展品中有一片弧形玉璜，宽寸余，长不过半尺，上面浮雕着八条形态各异的龙，玉璜虽小，气势却非同凡响。灯光里，只见透明的玉璜中隐隐约约游动着龙影，谛视良久，那小小玉片在我眼前仿佛化成了一片浩瀚大海，八条游龙在海里追波逐浪，呼啸生烟。在玉器中，另外一件给人印象深刻的展品，是一个精美的玉杯，古称玉卮，这是一个造型别致，雕工精细的带盖玉杯，盖上的钮扳，杯身上的花纹，都设计得别出心裁，虽历经两千多年，依然莹洁如新。据说这个玉卮曾在国外展出，引起一片惊叹之声。很多人只知汉代艺术的雄浑大气，想不到汉代也有如此精致的玉器。

在玉器馆中间的玻璃柜里，陈列着徐州博物馆的镇馆之宝：西汉金缕玉衣。这是中国已出土的汉代金缕玉衣中最完整、最精美的一件，四千二百多块玉片，一千五百多克金缕，串缀成一件玉衣。陪我参观的李银德馆长告诉我，当年在徐州狮子山楚王陵发现这件金缕玉衣时，玉片散落一地，有些已经四分五裂。把四千多片玉重新用金缕串缀成一件完整的玉衣，是极为困难和复杂的工作，修复这件金缕玉衣，使人们对汉代玉器工匠的高超技艺，有了深切的认识。

在博物馆的玉色晶莹之中，我还是窥见了汉代艺术的

彩绘陶执兵俑
徐州博物馆

大气。

徐州博物馆的展品中，值得一看的还有汉代的陶俑。引人注目的是一组西汉乐舞俑，舞俑们长袖飘动，身姿婀娜，翩然起舞，乐俑们或弹琴，或弄瑟，或击鼓，或吹笙，虽是黄土颜色，却气象万千，活脱脱一个汉代乐舞艺术团。另有一组西汉彩绘陶俑，更令人称奇。陶俑男女有别，眉眼各异，男俑的胡须，女俑的眉毛，竟无一人相同，仔细看他们的眼睛，甚至还有单眼皮和双眼皮之分。

徐州博物馆的后院有一座小山，这是汉代的彭王墓。这座古墓，在不久的将来会被发掘，墓中的考古发现必定会丰富博物馆的收藏，而发掘后的彭王墓，也会成为博物馆展厅的一部分。看完展厅里的文物，再走进古墓，感觉如同走进遥远的历史。到那时，徐州博物馆将成为世界上最独特的博物馆。

2004 年夏于四步斋

古 陶

在陇南的腹地武都县，一位朋友送给我两件古陶器。

两件古陶中，一件是汉罐。这是一个小小的灰瓦罐，长颈，大肚，喇叭口，状如现代的花瓶。罐肚上，布满细致而密集的图纹，这些图纹看来并没有什么具体意义，只是一种装饰，然而却表现了极为高超的造型雕刻的能力。罐颈上，光滑无痕，近似上过釉的瓷器。我见过不少汉罐，大多体大而粗糙，这样小巧精致的，却从来没见过。这小罐子，用来盛水太小，用来喝水则不便，用来作花瓶，还差不多。这陶罐距今二千年有余，是平民百姓墓中的随葬品。看来，当时的老百姓在物质贫乏的生活中，依然不无雅兴，陶罐用来舀水盛菜，囤谷储米，也用来养草插花。黄土经手掌的抚捏，经烈火的煎熬，成为这样一件淡雅而朴素的艺术品，真是一件奇妙的事情。把它称为艺术品，也许是我的偏爱。然而，比之许多鲜艳而俗气的花瓶，这个灰陶罐确实百看不厌。

另一件陶器更古老。这是一个带两个耳环的黑褐色陶罐，比那汉罐稍大一点。我无法断定这黑褐色究竟是陶土的本色，还是烟熏火燎的结果。这陶罐的造型有些特别，罐身为圆形，罐口却是一个不规则的椭圆，沿口由四段圆弧构成，两个耳环从罐口边缘呈弧形落下，接到罐腰上。

陶罐
民间艺人

这造型使人想起欧洲和印度的一些带耳的水壶，只是壶颈要比这陶罐长一些。不同时代、不同地区的不同民族，却不谋而合地创造出形状相似的陶器，可见这类陶器形状不仅实用，而且美观。在这个陶罐上，能清楚地看到匠人制作时用木片或竹片捻刮的痕迹，这些刮痕使这陶罐呈现出一种原始的拙朴美。陇南的朋友告诉我，据考古专家的判断，这个黑褐色陶罐是三千多年前的文物，是真正的老古董了。我仔细观察了这陶罐表面的色彩，明显的上浅下深，罐子底部乌黑而缺乏光泽，像是火烧的痕迹。我猜想，这陶罐可能曾被用来烧水或煮汤，是古人餐桌上一件精美的器皿。比起那个汉罐，这黑陶罐还不算完好无缺，罐沿，罐底，一个耳环侧面，分别有几个缺口。不过我想这也没有什么，一个这么容易破碎的罐子，能保留三千年而基本完整，已经算是奇迹了。面对着这个被烟火熏黑的古陶罐，想象三千年前的祖先们围坐在火堆边聚餐喝汤的情景，想象他们被火光映红的豪放清澈的眼神……那是怎样一种情调！

　　我小心翼翼地把这两个陶罐带回上海，放在我的书橱上，看它们一眼，便想起我的陇南之行，想起西北那些豪爽热情的朋友。它们也常常使我陶醉在一种深沉古老的氛围里，使我的心情平静如秋水，使我的思绪如清风飘扬……

1993 年 2 月 12 日

古瓷四品

前几年，受几位有收藏癖的朋友怂恿，我常常去逛民间古玩市场。在那里既长知识，又长见识，当然，也破费钱财。作为报偿，我的案头书柜中逐渐多出一些古色古香的小摆设。我烦躁不安时看看那些历尽人世沧桑的古人遗物，心情便会恬淡如水……

明 盘

摊了一地的瓷盘，我一眼就看中它，摊主并不把它当成宝贝，当初它的满面尘土便是明证。要价十五元，还价十元，爽然成交。洗尽尘土之后，它即刻在我书柜中粲然夺目地占据了一席地盘。

它的造型、釉色准确无误地告诉我，这是明代的瓷器。虽然模样平平无奇，只是那种最普通的青花平底圆盘，然而盘底的青花图纹实在是非同一般。粗粗看去，只见粗犷苍老的蓝色线条杂乱无序地交织在一起，不明其所以然。细细谛视，便会有不少发现，其中有怒气冲冲的眼睛，只是难辨是人眼还是兽眼。也有无眼无口的面孔，横七竖八叠在一起，组合成沉默而怪诞的一群。如果愿意想象，还可以看到狂风漫卷，以及在风中走的云，在风中飘动的树

明代的瓷盘
民间艺人

枝和长发……

我无法为这幅画命名，它使我想起毕加索，想起他那些千奇百怪的画。倘若毕加索在世，面对我的青花瓷盘，面对一位明代中国民间艺人随手画出的这幅画，不知会有何感想。

宋 杯

用现代人的眼光来看，这是一只极普通的小碟，属于家常用的酱油碟之类。然而它却是老祖宗用来喝茶的杯盏，是一只完好无损的宋代瓷杯。

不少朋友表示怀疑。一是怀疑它的年龄，那淡青的釉色"光可鉴人"，能是近千年的老古董？二是怀疑它的用途，容量如此之小，斟满茶水也不够喝一大口，会是茶杯？

结论是肯定的。这的确是宋代瓷茶杯，没有人能否定它的真实身份。

它常常吸引我的目光，并非因为它的价值，也不是它所表现的艺术。从审美的角度来看，这瓷杯属拙朴一类，艺人们用泥坯随手捏出，未加任何花饰。当然也是一种美。我看它，是因为它使我联想起宋人喝茶时的情景。以这样的小杯喝茶，必定有极深的涵养和极好的耐心。试想一下，在竹林中席地而坐，长袖飘拂于微风之中，酽酽的浓茶从壶嘴里呈一细线飘然注入杯内，然后手持小杯一小口一小口啜饮，说话也是慢声细气……这样的风雅和悠闲，现代人已难得消受。粗俗的现代人！

一次，我将自己的联想告诉一位古瓷收藏家，他笑道：

"宋朝的农夫，大概不会有这样的闲适吧！"第二天，收藏家送我一只宋代的粗瓷大碗，比现代人的饭碗还大一点。他说："这也是宋朝人用来喝茶的，你喜欢想象，不妨也对着它联想一下吧。"我看着手中沉甸甸的大碗，不禁哑然失笑。

画　碟

明代青花小碟，直径不过六厘米。蓝边，碟底绘画。碟沿上有一道淡淡的裂痕。按收藏家的说法，有这一道裂痕，便使它身价大跌。

大概是当年烧窑的火候不到家，釉下的青花竟如同墨色一般。碟底的绘画却因此而别有了一番韵味。画的似乎是三片荷叶，向三个不同的方向伸展出去，构成一个对称的图案。再仔细看，那荷叶中墨色浓淡不匀，有枝杈横陈其间，更像是蓬勃蓊郁的大树之冠。三棵大树如此排列，景象就非常奇妙了，只有孩童才可能把树画成这样。树底下那些斑点，可以看作是发育繁茂的花草，如果愿意遐想，可以想出五彩斑斓的颜色来……

小友林君赴法国留学，前来辞行时，我赠此画碟给她作纪念。数月后林君从巴黎来信，信中说起那画碟，已被她转赠一法国画家，画家视若珍宝，以为碟中之画乃大手笔，遂将画碟陈列于客厅显眼处，向所有来客介绍。林君在信中写道："本以为一个小碟没有什么了不起，想不到在这里这么受重视！"

读罢林君来信，亦喜亦憾。喜者小小画碟，为中国艺术增添了光彩，总算没有被埋没；憾者它可能永远无法回到中国人手中了。

异　兽

青花果盘，盘内绘五匹异兽。青花呈深蓝色，为清初之作。

五匹异兽笔墨简练，线条流畅。说它们是异兽，因为看起来似龙非龙，似马非马。中间一匹蜷缩成成一团作俯卧状，周围四匹挥动肢体作腾舞状。谁也无法判定它们属何种兽类。从椭圆的身躯上伸展出的五个肢端，每一个都可以看作是头，也可以被看作尾，当然更可以看成足。假如把其中最长的那一端看作尾，像巨蜥；看作头，则如恐龙……中间那一匹卧地的异兽首尾相衔，收藏四肢，更无法看全其真实面目。

我常常想，在盘中作画的那位古代艺人当年画这五匹异兽时，不知以什么为原型。画得如此熟练，可见已画过无数遍。也许，这是传说中的神兽，是幻想的产物。其中的故事，大概永远不会有人来告诉我了。

1992 年 3 月于四步斋

画碟

古人的枕头

那天经过一条僻静的小街，见两个外地人在摆地摊卖古董。地摊上，摆着两三个青花瓷瓶，四五个土陶罐，引起我注意的是一件奇怪的青花瓷塑。这瓷塑是一条龙舟，龙舟中间腾起一团云柱，云柱的顶端托着一块状如鞋底的瓷板，上面绘有腾云驾雾的麒麟。云柱底下，一个衣冠楚楚的书生侧卧于地，手中捧着一卷书，眼睛却斜在一边。他的身后，是一个俯身采菱的村姑，村姑也回身窥视着书生。书生和村姑居然被塑得有鼻子有眼，衣裙和长衫上，有流畅的褶皱，还有星星点点的小花。摊主告诉我，这是古人的枕头。这枕头，比现代人的枕头小得多，长不足一尺，高不满半尺。把枕头做成这种样子，我头一次见到，尽管这枕头上布满了陈年土垢，我还是很自然地联想起宋人向子諲的词："石作枕，醉为乡，藕花菱角满池塘。"古人把枕头设计成这模样，大概是想枕着它做风流的美梦吧。

和摊主讨价还价了一番，我把瓷枕搬回了家。当然不能用它来枕头，只是放在桌上，闲时看一眼，引起一些古色古香的联想，回味《唐人小说》、《聊斋》和《阅微草堂笔记》中的传奇故事。这些故事中的主人公，也许就枕过这样的枕头。对古人的枕头，我实在是孤陋寡闻，看到过几种，除了瓷的，还有玉雕的，木雕的，形状不一，雕工都非常细致。看来古人在枕头上动的脑筋、花的功夫要比现代人多。古人也时常在诗中提到枕头："枕上诗书闲处好，门前风景雨来佳"，这是李清照的词；"江上秋风无限浪，枕中春梦不多时"，这是苏东坡的诗；元人白朴的《水调歌头·北风下庭绿》中，有"不愿酒中有圣，但愿心头无事，高枕卧烟霞"这样的描述。吟咏此类诗词，能让人联想到枕头的种种好处，它们似乎和古人的浪漫和悠闲的生活联系在一起。而我眼前的这个瓷枕，和古人的诗意也十分吻合。

这样的浪漫和悠闲，果真是枕着这样的瓷枕头就可以抵达的吗？

这个枕头，实在是小了一点，如果枕着它睡觉，翻个身，便会从上面掉下来。古人喜欢睡宽大的床，所谓"八尺龙须方锦褥"，那床宽敞得就像个小戏台，这样小小的一个瓷枕头，放在上面，不合适，不相称。况且，这枕头也太硬了一点，如果没有坚实的脑壳，整夜和这硬邦邦冷冰冰的瓷片厮磨，恐怕消受不了。我想，古人大概也不会喜欢太小的枕头的，李白诗曰："醉来卧空山，天地即衾枕。"以天地作枕，何等的阔大。李白诗又曰："门开九江转，枕下五湖连。"枕头连着江河湖海，何等的浩瀚。还想起了更早的故事：孙子荆年少时，想到山里当隐士，便告诉他的父亲孙武，准备去"枕石漱流"，也许是心慌口急，竟把"枕石漱流"错说成"漱石枕流"，孙武惊问："流可枕，石可漱乎？"孙子荆情急生智，答道："所以枕流，欲洗其耳；所以漱石，欲砺其齿。"孙子荆后来是不是到山里去洗耳磨牙我不知道，但"漱石枕流"却成为他的名言，也成了古人磨砺心志的一个代名词。"枕石"或者"枕流"，和这个小而精致的瓷枕似乎都不相干。

就在我不着边际胡思乱想的时候，妻子也发现了书桌上这个灰头土脑的瓷玩意儿。听我说这是古人的枕头，她皱了皱眉头，自问自答道："这东西，能当枕头吗？我看，是给死人用的吧！"

我被她说得心里"咯噔"了一下。她说得还真有道理。这类出土的旧器皿，八成是陪葬的礼器，这枕头，大概也不会例外。想想我所见到的古人之枕，非木石即陶瓷，大多小而硬，看来多半是给坟墓里的人垫脑壳的。这样的枕头，对活人的脑袋不合适，对死人却无所谓。在棺材里，有这样一个小小的瓷枕搁着脑袋，绰绰有余了。我想，古人其实也一定喜欢大而软的枕头的，只是这样的枕头留不到现在，即便埋在地下，也要腐烂。只有那些陪葬的玉石陶瓷枕头，才会长命千百岁，成为现代人眼里的古董。这样想着，再看看我面前的那个瓷枕头，那两个在龙舟上眉来眼去调情的男女，仿佛成了从坟墓里逃出来的幽灵，在灯光下，他们正眯缝着绿幽幽的眼睛窥视我呢！

1995 年夏日

后记：此文发表后，曾收到多封读者来信指谬，言瓷枕乃古人日常所用，并非专为殡葬所用。余孤陋寡闻，仅凭想象误导读者，惭愧。

铜镜篇

我以前一直以为铜镜是难得的古董。千百年前的器物，埋在土下，不是腐烂，就是锈迹斑驳，出得土来，能保持完好的，大概是凤毛麟角，稀罕至极。我曾经在博物馆和几本介绍古董的画册里见识过一些铜镜，如汉代的透光镜、神兽镜，唐代的海马葡萄镜、回文镜。使我惊奇的是，这些经历了千百年的铜镜，竟然完好如新，"光可鉴人"。镜面绿光莹然，仍可照脸，而背面的雕花，不管是简洁还是繁复，造型都生动有趣，线条都曲折流畅。古人的情趣和才智，在这些铜镜中可见一斑。我从未想过自己会成为一个收集铜镜的玩家，这是那些有钱人的闲情。不过，我也曾拥有过几枚铜镜，抚摸着它们产生很多遐想。

80年代的最后一个夏天，曾经好几个月不写一个字，除了读书听音乐，就是逛古玩市场。介绍我去古玩市场的是老记者谷苇先生。我去古玩市场时，口袋里不放什么大钱，百十来元而已。逛古玩市场，对我来说好比参观民间博物馆，既开眼界，又长知识。见到有意思的而且价格不贵的古玩，也可以买几件。去过几次古玩市场，我的书橱上居然有了宋代的瓷罐，明清的瓶盘。在市场的地摊上，也看到了铜镜。有些铜镜看上去确实是从古墓中出土的，已经锈蚀得千疮百孔，不成样子，只是从外形上还大致能辨认出这曾经是一枚铜镜。这样的东西价格并不贵，不过我一点没有兴趣，对考古和历史学家来说，它们也许代表着历史，代表着一个时代的风俗，大有内涵可深考，而对我来说，它们只是几片陈腐的烂铜，毫无美感。

有一天，地摊上的一枚铜镜却吸引了我，这是一枚直径约十厘米的铜镜，镜面平滑，莹然有光，镜背是古朴的图纹。尽管没有斑驳的铜绿，没有被腐蚀的痕迹，却古意盎然，尤其是背面的图纹，线条简练生动，犹如刻在竹简上的隶书，是典型的汉代器皿上的饰纹。我看这铜镜不像是今人仿制的赝品，然而历经两千年而面目如新，又使人顿生疑窦。铜镜的主人是一位来自北方的老汉，他解释说："这铜镜，不是坟墓里出土的，是家传的，一直有人用手抚摩，所以不生锈。是真古董，不会假。"我花两百元钱买下了这枚铜镜。后来经内行的朋友鉴定，说这铜镜是东汉的文物。两百元买一枚汉代的铜镜，简直不可思议。将两千年前的铜镜把握在掌心，面对着光滑的镜面，只见自己的脸在幽深的暗光中隐约浮动，不禁浮想联翩。这枚历经千年的铜镜，曾经照过多少人的脸，曾经反射过多少喜怒悲欢的表情？我无法知道。但是，可以任由我想象。

我得到的第二枚铜镜，是一枚海马葡萄镜，也是从地摊上淘得的，买它，纯粹是因为它的名气。这枚铜镜背面曾经有过极精美的海马葡萄的浮雕，可惜已被漫长的岁月腐蚀得面目全非，只能在一片斑驳的铜绿中依稀辨认它当年的风采。而它的正面，更是坑坑洼洼，怎么也无法让人联想到能够照脸的明镜。不过，它确实有着近千年的历史，

铜镜
民间艺人

可以引发思古之幽情。

第三枚铜镜，是一枚方镜，年龄也小得多，是清初的物品。方形的铜镜并不多见，使我对它产生喜爱之心，是因为背面的汉隶铭文："如日之精，如月之明，水天一色，犀照群伦。"十六个字，刻在巴掌大的铜镜上，却描画出一派清朗阔大的境界，使人心驰神往。出让这枚铜镜的是一个来自上海市郊的老人，说一口本地话。他对我说："这是我祖上自家用过的镜子，年代长久透了。"三百年，说"长久透了"，也不算过分。

我收集古物，并不是为了满足占有欲，更不是想保值发财。只是在收集和欣赏的过程中品尝到旁人难以捉摸的快乐。拥有这三枚铜镜之后，不再觉得铜镜遥不可及，它们对于我再没有什么神秘可言。那枚东汉铜镜和海马葡萄镜，我先后送给了朋友，让好朋友们也能和我一样从中得到快乐，这两枚铜镜便增加了价值。而那枚方铜镜，至今仍在我的书橱中，斜靠在那套《莎士比亚全集》前，使我一次又一次想象那"水天一色，犀照群伦"的境界。

1999 年 2 月 25 日于四步斋

申窑异彩

那扇两米见方的金属窑门，还带着炉火的余温。门里，是经过烈火煎熬的一炉瓷器。二十个小时前送进去时，它们是色泽灰淡的土坯，那些形态各异的瓶瓶罐罐上，凝集着画家的笔墨。画家在上面画了些什么，窑工们看不见，厚厚的瓷釉像一层面纱，遮住了它们的真容。要揭开这层面纱，靠的是烈火之手。在窑中，土坯被烈焰剔尽了杂质，彩釉在火舌里变幻结晶，这是一个神奇的过程，其间的质、形和色之变，犹如魔术。在窑火中酝酿着的，是一个谜，是一群涅槃的凤凰。

窑门被轻轻地拉开，神秘的谜底豁然曝光，窑前情不自禁地发出一阵惊叹。展现在人们眼前的，是一片缤纷奇丽的彩色。烧成的瓷器晶莹如玉，而瓷器上的图画，则气象万千，七彩纷呈。此刻，最紧张最兴奋的，是几位参与创作的画家，他们捧着烫手的瓷器，欣赏那些经烈火再创造的画面，映照在他们目光中的，是人间难得的异彩。

我曾经几次亲历这样的情景，那是在上海市郊一个名为"申窑"的艺术创作基地。参与创作的五位画家，在这里用画笔，用彩釉，把自己的奇思妙想挥洒在瓷坯上，每一次开窑，这里都会有一番陶醉。釉下彩瓷绘，原来似乎是江西景德镇的专利，历史上曾有过不少瓷绘高手，都在景德镇。上海的名画家们参与其事，掀开了釉彩瓷绘艺术的崭新一页。人们发现，"申窑"中出现的彩绘瓷器，和景德镇传统的瓷器面貌完全不同，新的理念，新的手段，新的工艺，使这门古老的艺术焕发出新奇的光彩。

五位和"申窑"签约的画家我都认识。

国画家陈家泠，曾经以他独树一帜的荷花享誉海内外，传统的釉色在他笔下，衍变出前无古人的风格。他画的釉里红，经过高温烧结，产生奇妙窑变，泛出晶莹七色。他用釉里红画树叶竹叶，釉色竟呈柔和的粉绿，外围是一圈飘忽的红晕。他用釉里红画山水，画面密沉沉一片彤红，既让人惊叹瓷绘艺术的奇妙，也使人联想被朝晖落霞浸染的奇山丽水。

俞晓夫是一位风格独特的油画家，在画布上，他的作品深沉奇峻，他的瓷绘也和他的油画一样与众不同。他用画笔，用色块，也用雕刻刀，在瓷器上勾勒出形形色色的玩偶。他常以深厚的彩釉作底色，在幽暗斑驳之中，潜藏着无数奇怪的形象，古今中外的人物，在他的瓷绘中聚会，含义深长的目光透过斑斓釉彩迸射出来，这些目光带着些许调侃和嘲讽，令人忍俊不禁，也使人深思。

黄阿忠在瓷器上作画时，常常忘记自己是一个油画家，出现在他笔下的江南古镇，多以简洁的线条勾勒，拱桥瓦房，渔船花树，充满国画意韵，而画中浓艳的色彩，又分明是油画手笔。他的《花束印象》，花朵摇曳在令人目眩的光色之中，如同一幅意境幽远现代的油画被巧妙地移植到瓷瓶上，令人称绝。

女画家马小娟的瓷绘又是一番风景。她在瓷瓶上画荷叶，绘莲花，莲荷中有美人出没，画面上水汽漾动。若有似无的线条，勾画出女性朦胧的表情和柔若无骨的肢体。

申窑瓷绘

她的系列瓷瓶《荷之韵》，清新飘逸，却又让人联想到唐诗宋词，古典和现代交汇在氤氲之中。

石禅锲而不舍地在瓷器上描绘花鸟，因为对釉彩特性有独到的认识，所以画来得心应手。他的花鸟虫鱼，笔墨老辣，气息生动，是对自然和生命的挚爱流露。面对他的作品，也许会使人想到八大山人、齐白石、潘天寿，但仔细看却都不是。在继承传统的同时创新求变，是"申窑"画家们的共同追求。

"申窑"的主人罗敬频也是一位书画家，他出资办窑弄瓷艺，为的是实现一个梦想。罗敬频是上海青浦人，他的家乡是福泉山文化的发源地。他想让六千年的福泉山古陶和二十一世纪的海派新瓷有一个交汇点。这个交汇点，就是"申窑"。"申窑"画家们的新作，将出现在上海的艺博会上，我相信，这会是艺博会中一个令人瞩目的亮点。

2001 年 11 月 8 日于四步斋

汉陶马头

连云港的朋友赠我两个陶制马头，说是汉代遗物。汉代历史不短，西汉二百三十年，东汉将近二百年，前后四百余年。这马头，即便制作于东汉末年，距今也已有一千八百年了。马头和秦始皇陵兵马俑中的战马很像，已经没有了釉彩，呈露出黄土本色。马头完整无损，造型雄浑厚朴，线条简练刚健，耳、目、鼻，轮廓分明，使人想起汉代名将霍去病墓前的石马。不过和霍去病墓前的石马相比，这两个陶马头的表情似乎更生动。霍去病墓前的石马是一种沉静的状态，而这两匹马，耳朵竖起，双目圆睁，嘴巴微张，是正在奔跑中的表情。

有一千八百年历史的老古董，我当然不敢怠慢它们。放到玻璃柜里，用灯光照着它们，常常有事没事地瞧几眼，瞧得熟了，两个马头仿佛都活了起来，不时以它们的语言告诉我一些什么，使我浮想联翩。

你，一个两千年后的文人，你骑过马吗？

——寂静中，我听见那两匹马在悄然发问。

你知道我们是什么马？

——是什么马？你们告诉我吧。

我们是战马。我们曾经在沙场上奔驰，在鼓号声中冲

汉陶马头

锋陷阵。世界上有什么马比我们更勇敢更威武？我们身上骑着无畏的战士，我们的脚下踩过敌人的尸体，我们的身边回荡过厮杀的呐喊和刀枪的撞击……

我们是拉车的马。我们曾经天天在崎岖的道路上奔跑，我们从来没有机会回头看一眼坐在车上的主人，只能埋头往前走啊，走啊，不知道何处是我们的尽头……

我们是送信的马。我们曾经整日奔波在曲折的驿道上，跑得气喘吁吁，大汗淋漓。信使不停地用皮鞭抽打我们的身体，永远嫌我们跑得太慢。他们怀揣着的是什么信，我们也永远无法知道。

唉，可惜，我们只是两匹殉葬的马，还没有机会驰骋原野，就被埋进了坟墓，陪伴着我们素不相识的死者。我们在黑暗中期待了千百年，只想有朝一日重见天日，做一匹自由的骏马。你看见我们张开的嘴巴了吗，那是我们在墓穴中嘶鸣。但是我们的声音被黑暗窒息，被时间吞噬，被阴冷的砖石和泥土尘封……

此刻，我们被锁在你的柜子里，我们依然不自由。也好，我们就做来自汉代的使者吧，我们在你的书房里会面，和你一起怀古，和你一起遐想，让你寂静的心驿动不安，让你的思想在两千年的时空来回飞翔。

有时，我会被自己的妄想惊醒。在我面前的，不过是两个没有生命的陶马头，只是它们确实经历了两千个春秋，那黄土的颜色，那活灵活现的表情，分明在向我叙述历史，在讲遥远的故事。我也由此想起两千年的陶艺家，想象他们用灵巧的手塑造这些马头的情景。我曾经认为中国古代的雕塑不如西方，古希腊、古罗马雕塑的逼真，在中国古代的雕塑中看不到。自从出土了秦代的兵马俑，我对中国古代的造型艺术刮目相看。而这两个汉马头，同样也验证着这一点。

2002 年 5 月 12 日于四步斋

月光和古瓷

　　一缕月光，越窗而入，洒落在一间幽暗的书房，顷刻间，莹莹然四壁生辉，天地间的精华，纷纷汇聚拢来。书房的主人，沉浸在月光中，和满室清辉融为一体……

　　我在读《望云居藏瓷》时，眼前仿佛出现了上述景象。以前读过金晓东的一篇妙文，题为《静夜玩明月》，他把自己心爱的瓷器比作明月，赏瓷如玩月。记得他文章中奇妙的比喻："素白秀雅的定窑碗，好似'玉盘'；晶莹柔润的影青盘，宛若'夜光'；奇巧纹裂的龙泉洗，堪比'冰轮'；近乎凝脂的邢窑炉，就像'玉蟾'；黑花磁州窑精品，裙布荆钗，不掩国色，是名副其实的'素娥'。"他向朋友们描述自己赏玩瓷器的心情，谓之"闲坐案桌前，咫尺对婵娟"。

　　赏玩瓷器，是一种雅趣，也是中国人引以为乐，并为之骄傲的事情。古代的精品瓷器中，凝聚着中国文化和艺术的精华。欣赏古瓷，可以从中窥见历史的印痕，看到中国艺术的发展轨迹，可以发现古代民间艺术家的智慧和才情，也可以从中了解不同时代的民俗风情。一件古瓷，常常会蕴藏一个曲折跌宕的故事，见证一批人物的命运，这些人物中，有制作瓷器的艺术家和能工巧匠，有形形色色的瓷器使用者和收藏者，我们未必能像考古学家般将一件古瓷的来龙去脉考证得一清二楚，但面对这些造型独特、色泽淡雅的古代艺术品，也会浮想联翩，引出无穷的遐思。这样的过程，使人心灵沉静，也使人神思飞扬。金晓东那种"闲坐案桌前，咫尺对婵娟"的情状，是赏玩古瓷的至高境界，令人神往。

《望云居藏瓷》中，收录了金晓东收藏的三十余件古瓷，都是罕见的精品，可以使对中国陶瓷有兴趣的人大开眼界。金晓东收藏的古瓷，大多是高古陶瓷，其中不少是古人的日用器皿，历经千百年而完好无损，流传至今，堪称奇迹。而这些陶瓷器皿造型之美，内涵之丰，使人对古代中国人的艺术创造能力和风雅情趣心向往之。画册中，越窑开成四年襄阳罗倩故夫人墓志罐引人注目。此罐方口圆底，造型简朴大气，釉色温润如玉，罐外壁刻铭文280余字，述录罗倩故夫人王氏的生平事迹，行文流畅，文采斐然，书法和刻工均有大家风范，非同寻常，是一件珍稀极品。北宋的永和窑蓝釉文官伏听俑，也是一件难得的珍品。这件瓷俑形象奇特，姿态生动，人俑身穿官袍，俯身跪卧，侧首仰望，勾勒鲜明的眉眼中流露出惆怅之情。台北"故宫博物院"藏有一件同时代类似的瓷俑，是素胎青白瓷，而这尊文官伏听俑却是彩釉，蓝袍绿冠，色彩艳丽。给人的感觉，那彩色的衣袍下，包藏着扭曲寂寞的心。隋代的青釉贴花六系尊，器型别致，是我所见古瓷中很奇特的一件，它的上半部遍缀精美繁复的花饰，风格犹如古罗马和波斯的浮雕，这或许是千年前东西方文化交融和汇合的实证。我曾经看过金晓东收藏的宋代和金代的吉州窑和磁州窑瓶罐，为之惊叹，那些器物的造型和上面的绘画，可以说是那个年代的艺术高峰。创作这些瓷器的都是民间艺术家，他们没有留下姓名，却留下了那个时代最美妙的智慧和才情。这本画册收录的宋代吉州窑花菊蝶纹瓶、金代磁州窑黑花卷草纹盖罐，是其中的两件精品，瓶罐上的绘画，构图之精妙，线条之灵动，运笔之流畅，令人叹为观止。看瓷上绘画，可以想象当年制陶人面对瓷胎挥笔自如的景象，那种恣肆挥洒，龙飞凤舞的自由神态，在那些黑白的画面中悄然凸现。

我认识金晓东已有三十多年。认识他时，他是《文汇报》副刊编辑，也是业余诗人，总是他向我约稿，为我的诗义做编辑。后来听说他喜欢收集古董，并且以收藏古瓷为乐。本以为这只是他的业余爱好，如同写诗，兴致所至，偶尔为之。然而这爱好却几乎伴随了他的整个人生。数十年的寻觅、追求和研究，使他成为中国古瓷收藏界的重量级人物。作为收藏家，金晓东不仅藏品丰富独特，而且成为这一领域中目光犀利、见地独到的专家。

20世纪80年代末，我也曾经一度热衷于收集古瓷，常去古玩市场闲逛，很多次和晓东不期而遇，从他那里，学到不少关于如何收藏鉴赏古瓷的学问。写这些文字时，我很自然地回想起我们的交往。我至今仍记得他的样子，他面含微笑，随手拿起古董铺子中的一件瓷器，抚摸，审视，嗅闻，片刻间，便能准确地推断出它来自何处窑口，制作于什么年代，而且能令人信服地道出所以然来。

对金晓东来说，"玩物丧志"这样的古语应改为"玩瓷励志"，收集赏玩古瓷，提升了他的情趣，考验了他的意志，也丰富充实了他的生活，他的人生，也因此而变得多彩多姿。金晓东之"玩月"，其实是一个当代知识分子对中国古典艺术的沉迷，是对中华传统文化的积累和传承。这本《望云居藏瓷》，正是一个生动的证明。

2007 年 5 月 7 日于四步斋

高　跷

　　长长的木棍从脚掌上延长出来，成为一只只奇怪的脚。数十条木脚有力地在水泥地上蹦跳，发出一阵阵浊重沉闷的声响，使人想起古时战场上的马蹄和鼓声。被木脚扬起的灰尘在阳光下飘动，为这种怀古的联想制造出浓浓气氛。

　　木脚上站着的，是一群剽悍的北方大汉。在铿锵的锣鼓伴奏下，十几个人脚踩高跷，高人几头，雄赳赳一齐走过来，那是怎样一种气势。这些北方大汉身穿古装，脸上涂着重重的油彩。此刻，他们是古代的文官武将、绿林好汉，也是落魄秀才、纨绔弟子、渔夫、牧童、农家女……每个人都扮演着一个角色，扮演者以各种不同的动作表现人物的性格，然而我感觉到的只是一种夸张的粗犷和雄健。

　　这是在今年春天的龙华庙会上看表演。踩高跷的艺人们来自天津，故称"津门高跷"，又称"北派高跷"。和从前见到的南方高跷相比，这北派高跷处处显露出刚武之气。脚上绑着长长的木棍，行走便已不易，却还要翻跳腾跃，做出许多即使不踩高跷也很难完成的动作。看这种表演，远观和近看感觉不同。远观能看到他们的英武、潇洒，甚至会觉得他们体态轻捷，矫如飞燕。近看则不然，每次当那两根木棍载着百十来斤的躯体从空中重重地叩到地上时，一颗心总是如被人揪紧了一般，紧张得不敢正眼看，唯恐

民间高跷表演

那木棍折断，更担心和木棍绑在一起的腿会被折断。表演者大多神态严肃，脸上的汗珠和油彩混合在一起，使人感受到他们的辛苦和内心的紧张。

在一段集体表演之后，艺人们一个个轮番出场，各自在高跷上展示绝技，其中有将帅的威武，骑手的骁勇，书生的飘逸，也有女子的忸怩和泼辣。最使我难忘的，是一位捕鱼的老渔夫和一位扑蝶的浪子。

老渔夫踩着高跷颤颤巍巍，似乎随时会跌倒，却总是倒不下来。他徒手做出种种划船、撒网的动作，很夸张，也很传神。为了追捕一条小鱼，渔夫在场内跌打翻滚，忙得不亦乐乎，使人深感这打渔生涯的艰辛。最后终于捕到那条四处逃窜的小鱼，渔夫欣喜若狂，跪在地下仰天歌笑，虽然无声，却极有感染力。令人心颤的是结尾——收网一看，鱼儿已无影无踪。渔夫心神黯然，精疲力竭，伏倒在地上久久不起。这表演，竟使我想起了海明威的《老人与海》。

浪子扑蝶是压台戏。演浪子的艺人化妆成白鼻子小丑，手持一把折扇，扭动着浑身关节在场内转悠，两根长长的木脚鸡啄米似的叩点着水泥地，那种放浪、轻佻、滑稽的样子使人发笑。这位看上去瘦而文弱的艺人，看来是功夫最好的一位，他做这些动作，似乎轻松自在，不费什么力气。在追扑蝴蝶的同时，他还可以分出精力，不时舞蹈一般跳到观众面前，用夸张的动作逗引人们，以期引起一点交流。遗憾的是，围观的人群却无动于衷，只是默默地嗑瓜子、抽烟，那种漠然的目光，就像是在打量一个行乞的陌生人。而这位看似快活的高跷浪子依然不停地转，不停地跳，木棍和水泥地撞击声愈加热烈。终于，那只顽皮的蝴蝶飞到了他的扇子下面。只见他一个劈叉扑倒在地，全身都压在那把扇子上，肩膀颤抖着做出欢喜之状，汗水在眼角边晶莹闪烁。当他小心翼翼翻开扇面，蝴蝶却早已不知去向……这结局，和那捕鱼的老渔夫一样，乐极而生悲，费尽气力和心机捕捉到的希望，转瞬又变成泡影。艺人的本意，是想造成一种喜剧的效果，为博观众一笑，然而我却笑不出来。他们在无意中展示了人生的无奈和悲凉。

那最后的一幕尤其揪心。趴在地上的扑蝶浪人叉开双腿，企图靠双腿的力量支起脚下的木棍翻身站起，然而水泥地太光滑，木棍找不到一个可以着力的支点。在一阵紧似一阵的锣鼓声中，他一连失败了五六次，脸上汗如雨下，却依然锲而不舍，咬着牙再试。当他终于从地下一跃而起，重新高高地站立在场地中央时，漠然的观众才有些激动了，掌声四起，还有人大喊了几声："好！"这时，汗水已湿透了他的衣衫。只见他又开始对观众扭动浑身关节，脸上是一种平静的微笑……

站在一边的一个天津人告诉我，这位扑蝶的高跷艺人，年龄已经四十有七。看着他那瘦瘦的高高的颤抖个不停的背影，我心里充满了敬意。

1994 年夏于四步斋🍂

少女和雄狮

　　歌舞伎是日本的国粹，就像中国的京剧和昆曲。到日本，不见识一下歌舞伎，总是一个遗憾。我在日本那几天，正值东京的歌舞伎会演，在电视里每天都可以看到歌舞伎演出的宣传和广告，在街上也能见到关于歌舞伎演出的巨大横幅，似乎很有声势。可是，问过几位日本作家，他们都笑着反问我："你会喜欢？你恐怕会在剧场里打瞌睡。"歌舞伎表演一场要半天，演四出独立成章的剧目，中间还要休息吃饭。我不可能排出这么多时间来。

　　已故日本著名剧作家久保荣的女儿久保麻纱，是一位七十八岁的老人。她对中国有着特殊的感情，最近三十年来，她倾注自己所有的心血，推广介绍中国的蓝印花布，中国的很多报刊介绍过她的故事。在上海，她开了两家蓝印花布商店，在东京，也有她的一家蓝印花布店。这些年，她一直在上海东京之间来回奔波。我到日本时，她正好在东京，听说我来，她高兴极了。我们通电话时，她说："我要请你看歌舞伎。你没有必要看全场，最后一场《镜狮子》，你可以看看。"那天晚上，她坐出租汽车赶到我住的宾馆，把我接到东京最大的歌舞伎座。歌舞伎座位于热闹的银座，规模相当大，剧院里有三层观众席，两侧还有包厢，可以容纳一千多观众。这样的剧院，大概相当于上海

镜狮子表演
菊之助等

的逸夫舞台和北京的天桥剧场，专门演出歌舞伎。

为了让我看得真切一点，久保太太买了两张价钱最高的票，每张一万五千日元，相当于一千多元人民币，座位在第四排的中间。我们进场时，第三个剧目《文七元结》已经进入尾声。看舞台上的表演形式，有点像话剧，演员用语言和动作倾吐感情，叙述故事。很显然，观众们对剧情很熟悉，剧中人的对话，不时在观众中引起笑声。剧中的女性，都由男演员扮演，他们的说话举止，将女人的声音和身段模仿得惟妙惟肖。歌舞伎演员全部都是男性，这和京剧的花旦类似。只是京剧花旦不仅能舞能做，更注重唱，而演女角的歌舞伎演员只是说话。在两出剧目之间的休息时，我环顾了一下剧场，上座率达到七成以上，其中外国人大概占了两成，主要的观众，还是日本人，以中年以上者居多。坐在我左侧的也是一位日本老太太，年纪看来不在久保太太之下。看来，日本的年轻人对这样的国粹兴趣并不浓。久保麻纱告诉我，自从投身蓝印花布事业以来，她三十年没有进过歌舞伎座，如果不是陪我，她还是不会来。不过，走进这个剧场，勾起她很多美好的记忆。

《镜狮子》几乎没有什么具体剧情，只是一个演员在台上独舞，然而却有激动人心的效果。担纲主演的是著名的歌舞伎演员菊之助。舞台上坐着两排伴唱和伴奏的人，几把三弦，一枝短笛，几面小鼓，和着歌唱，组合成跌宕起伏的音乐，演员就在音乐和歌声里舞蹈。上半场，菊之助演一个年轻女子，在舞台中央独舞，只见演员浓妆和服，手持一把折扇，娇态婀娜，妩媚多姿，把女性的柔美表现得淋漓尽致。看舞台上那轻盈柔曼的舞蹈，使我渐渐忘记了这本是一个男人的身段。演员的退场也很有意思，他不走后台，而是从搭在观众席中的一条通道走向后场。这条被称为"花道"的小径，是演员和观众交流的渠道，演员款款退场时，"花道"两边的观众一起鼓掌喝彩，气氛很热烈。下半场，演员还是从后场沿"花道"出场，仍然是菊之助，却已经面目全非，浓妆的少女变成了一头满头白鬃的雄狮，羞涩文雅的碎步变成了雄赳赳的昂首阔步。下半场是雄狮的独舞，舞台上，雄狮气宇轩昂，随着豪放铿锵的音乐扑腾跳跃，头上的白色鬃毛被甩得满场飞扬，洋溢着雄性的力量。上下两段，一个少女，一头雄狮，一雌一雄，一文一武，一柔一刚，同一个演员，在不到一个小时里，创造出两个形体性格反差如此强烈的角色，这不能不使人称奇。

久保太太和我分别时，连声谢我，我问她为什么，她说："是你使我重新唤起对歌舞伎的兴趣，以后，我还要来看。"从歌舞伎座出来，又置身在银座耀眼的灯光和喧闹的车流中。这时，回想刚才在剧院里看歌舞伎的景象，我心里竟然漾动起一片宁静的微波。我想，这也许是古老的艺术和喧嚣的现代生活之间产生的反差吧。

1999 年 5 月 29 日

昆曲之魅

很多年前，读明人袁宏道的散文《虎丘》，其中有对昆曲的描绘，令人心驰神往。那是四百年前的情景了，在苏州虎丘，千人聚会，为的就是唱昆曲，听昆曲，赛昆曲，那时，昆曲不是象牙塔里的艺术，文人雅士迷恋，一般的老百姓也喜欢哼几句。昆曲爱好者在虎丘赛唱，犹如山民在山林间斗歌，开始时千百人相互应合，"布席之初，唱者千百，声如聚蚊"，何等的气势。来自各地的昆曲爱好者争相吟唱，"分曹部署，竞以歌喉相斗，雅俗既陈，妍媸自别"。但是唱到后来，就只剩下了真正的行家。"未几而摇头顿足者，得数十人而已。"而袁宏道对那些行家演唱昆曲的描绘，实在是美妙绝伦："一箫，一寸管，一人缓板而歌，竹肉相发，清声亮彻，听者魂销。"这样的昆曲比赛，一直持续到深夜，到最后，只剩下唱得最好的，千百人只听一人演唱："一夫登场，四座屏息，音若细发，响彻云际，每度一字，几尽一刻，飞鸟为之徘徊，壮士听而下泪矣。"读到这里，我常常想，那唱到最后的"一夫"，究竟唱的什么曲，为什么如此感人。在阔大的虎丘，千百人在月色下听一个人唱，万籁俱寂，鸦雀无声，只有目光里闪动着感动的微光，那是何等的美妙，遗憾的是，我不能回到四百年前去探究个明白。

昆曲被称为"百戏之祖""百戏之师"，在中国盛行了二百多年，从明代万历一直到清代嘉庆。昆曲从兴起到兴盛，也推动了文学创作，中国文学史中那些戏剧名作，大多是为昆曲而作，譬如汤显祖的《牡丹亭》、洪昇的《长生殿》、孔尚任的《桃花扇》。袁宏道在《虎丘》一文中的描述的盛况，正是昆曲鼎盛时期的生动写照。昆曲后来逐渐被京剧取代，历史上记载的"花雅之争"，以"花"（京剧）盛"雅"衰告终，其中大概又很多原因。一个重要的原因，是昆曲的宫廷化、小众化，虽高雅却脱离了大众。京剧是新生的剧种，传达了民间的声音，所以赢得老百姓的欢迎，这和昆曲当年的兴盛同出一理。然而昆曲在和京剧的竞争中，也影响了京剧，京昆互相融合，出现了全新的气象。后人常将京剧和昆曲合称为"京昆"。从前的京剧界，如只能唱皮簧不能吟昆曲，那会是一种耻辱。而近代的京剧大师们没有一个轻视忽略过昆曲，如梅兰芳、程砚秋、周信芳、荀慧生，都精通昆曲，能演唱很多昆曲的名段，在昆曲的韵律中，他们的艺术得以升华。

　　昆曲已经有了六百年的历史，在中国戏曲舞台上的主角地位虽然被京剧取代，但生命力并没有消失。二百多年来，昆曲一直没有退出舞台，一代又一代昆曲传人们坚守着昆曲的舞台，竭尽全力演绎发展昆曲艺术，古老的昆曲薪火相传，如扎根岩缝的苍松，虽孤寂艰辛却枝干峥嵘，风姿不衰。我对昆曲的了解，是从电影开始的，那是 20 世纪 60 年代，我先后看过几部拍昆曲的电影，一部是梅兰芳、俞振飞和言慧珠合演的《游园惊梦》，一部是俞振飞、言慧珠和梁谷音合演的《墙头马上》，还有就是使昆曲起死回生的《十五贯》。那时我还是少年，看电影只对情节感兴趣，昆曲演绎故事节奏缓慢，应当不合我的胃口，但我还是对那几位艺术大师的表演留下了极深的印象，那些悠扬曲折的音乐、古雅华丽的唱词，还有舞蹈般飘逸的身段动作，都使我难以忘怀。此曲只应中国有，这是最能表现中国古典美的艺术。20世纪80年代中期，我有机会看上海昆剧团演出《长生殿》《卖油郎独占花魁女》等传统昆剧，还看了一些著名的昆剧折子戏，如《游园惊梦》《拷红》。在喧嚣的现代生活中，古老的昆曲能使人沉静，使人感觉到做一个中国人的优雅，以及我们身后博大幽远的文化艺术背景。

1999年，我去新加坡参加国际作家节，遇到白先勇，我和他一同出席《联合早报》组织的演讲会，谈中华文化和汉语写作的前景。白先勇钟情昆曲，谈到中国文化，他便大谈昆曲。他本来以为经过"文化大革命"，传统的艺术在中国大陆大概被消灭得差不多了，他曾经为此深感悲哀。80年代中期他回大陆，有机会看上海昆剧团演出全本《长生殿》，这使他感到意外，也使他深受感动。演出结束后，他激动地站起来，一个人不停地鼓了十几分钟掌，拍红了手掌。白先勇告诉我，看了这场《长生殿》，他才知道，中国传统的文化和艺术在大陆并没有被消灭，他由此看到了中华民族文化艺术复兴的希望。真正的美好的艺术，是谁也消灭不了的。

在上海，有一批昆曲的传人，他们吟唱传统昆曲，也

《长生殿》剧照

编演昆剧新戏，他们辛勤耕耘，不计名利，有了他们的努力，古老的昆曲在这座现代的都市中才有了一席之地，昆曲的美妙旋律在年轻的人群中才有了回声。我曾经出席过一次关于昆曲的座谈会，会上曾有人提出激烈的观点：昆曲的可贵在于其古老，现代舞台上昆曲必须是原汁原味的老戏，新编戏不会有出路。我也认为保存昆曲传统剧目非常重要，让现代人了解我们的这件国宝的本来面容。但任何艺术在不同的时代都会有所发展和变化，这才会有新的生命力，昆曲也一样。这两年，我曾多次看上海昆剧团演出的新编昆剧，前几年看过黄蜀芹导演的《琵琶行》，在上海老城厢的三山会馆演出，韵味十足。近两年，上海昆剧团又推出一部新编力作《班昭》。演的是两千年前的人物和故事，却拨动了无数现代人的心弦。新编昆剧《班昭》的出现，在昆曲的发展演变史中也许会记下重要一笔。《班昭》的成功，一是成功地塑造了历史人物，中国知识分子坚韧执著、淡泊名利、为理想献身的精神，集中地表现在班昭和她的师兄马续身上，令人共鸣。二是展现了昆曲的魅力，剧中设计了不少有分量的唱段，大多运用了传统的昆曲唱腔。昆曲融合文学、音乐和舞蹈于舞台的特点，得到了较充分的展现。三是演员的出色表演。担任主演的张静娴和蔡正仁，都是国内优秀的昆曲艺术家，他们是用心在表演，在舞台上，他们的演唱已和剧中角色融为一体。尤其是演班昭的张静娴，从十四岁的少女一直演到七八十岁的老妇，集花旦、闺门旦和老旦于一身，剧中人物的喜怒哀乐，被她表演得形神毕肖、入木三分。而蔡正仁，则令人信服地演活了马续的憨厚执著和忠诚淡泊。剧中的其他角色，也都得到了较成功地塑造。

我曾经三次和《班昭》剧组一起去大学参加他们的演出，这出戏在大学演出的盛况使我惊喜。我发现，年轻人对昆曲并不排斥，《班昭》的演出过程中，他们被剧中人物的故事感动，也在昆曲的旋律中沉醉，演出结束后，大学生和昆剧团的艺术家们有非常和谐的交流。年轻人对昆曲的兴趣，被艺术家们的表演撩动，剧场里的气氛虽然没有流行歌星演唱会那样狂热，却也热烈感人。我对大学生们说，如果不热爱属于我们民族的艺术，不珍视传统的文化，也就是我们所说的国粹，那就枉为中国知识分子。而昆曲，就是最有代表性的艺术国粹，是我们的国宝。将它列入世界文化遗产，当之无愧。

我母亲八十多岁了，以前没有看过昆曲，最近我请她看《班昭》，我想她可能会看不下去，会打瞌睡。想不到，她从头看到尾，看得津津有味，不仅被剧情打动，也喜欢里面的唱段，喜欢张静娴的表演。我把我母亲的感受告诉张静娴，她非常高兴。我想，现代观众对昆曲的喜爱，对为这门古老艺术献身的艺术家们来说，应该是最大的安慰吧。

2004 年 5 月于四步斋

巴拿马鸟

　　有朋友从南美洲回来，送给我一件来自巴拿马的民间工艺品，一件类似于中国刺绣的手工织物。一块绛红色的布片上，用黄色、黑色、绿色、橙色和粉红等多种颜色的小布条，拼接成一只非常图案化的鸟。缝缀布条，用的是五彩丝线。我很奇怪，这只来自地球另一边的鸟，为什么看上去毫无陌生感，而且似曾相识？而我并没有去过巴拿马。

　　我把这巴拿马鸟装入镜框，挂在客厅里。有意思的是，这件照理应是很新奇的异国艺术品，居然一点也不引人注目。客人们坐在客厅里，都不会注意这新出现的外国鸟。听说这鸟从巴拿马来，他们都表示怀疑："什么？不会吧，这不是江南的乡村手工刺绣吗？"

　　我想，这大概不能说朋友们少见多怪，他们的感觉，和我初见这鸟时的印象差不多。其实，这也没有什么可奇怪的，艺术本来就没有国界，没有语言的隔阂。在不同的土地上，产生相似的艺术，是很自然的现象。记得我看过中国西北远古时的岩画，那是用利器刻在岩壁上的动物和人，那些简练的线条和夸张的造型，充分表现了祖先的想象力和高度的艺术概括能力。而这些岩画，和欧洲和美洲的古代岩画是如此相似，就像是同一群人同时在峡谷和岩洞进行创作。而产生这些岩画的地域和时代，相距是何等遥远。人类最初的艺术创作便已是如此，现代人的艺术想

巴拿马鸟

象和实践产生一些雷同，当然也没有什么大惊小怪的。

去年去西安，看完临潼的兵马俑博物馆出来，遇见一批出售工艺品的当地农民。除了那些陶制的小兵马俑，引人注意的是大红大绿的布褂和布袋，上面绣的图案，有麒麟龙凤、喜鹊梅花、蝙蝠鲤鱼，都是色彩艳丽而造型夸张。有一只布袋上，用彩色的碎布和丝线绣着一只鸟，看起来极其面熟。我一想，这不是我家里的那只巴拿马鸟吗？我买下了陕西农妇绣制的这个布袋，带回上海，放到墙上挂着的那只巴拿马鸟旁边一比较，真的，简直就是同一个人设计的。

1993 年 5 月 12 日于四步斋

说服装

在原始时代，服装只是为了御寒，为了抵挡风暴雨雪的侵袭。一张兽皮，几片树叶，就是那时的服装。

再往后，服装除了御寒，也用于遮羞，遮住人体一些需要遮掩的部分。

再往后，服装渐渐也成了人类最重要的装饰物，用来美化自身，显示气质，显示风度，显示身份，甚至显示财富。

不同的人，对服装有不同的理解和追求。读中学的时候，有一位年轻的女教师，留给我很深的印象。她的表情和声音，我几乎已经忘却，但她穿过的服装，我却怎么也忘记不了。这是一个瘦瘦的，并不漂亮的姑娘，她经常穿一件士林蓝的土布两用衫，里面是一件雪白的衬衣，白领子翻到两用衫外面，看上去非常文静而且优雅。夏天的时候，她爱穿一身白色的连衣裙，很简单的式样，然而穿在她身上飘逸而有风韵。记得一些学生在背后这样议论她："这个老师，怎么看她都好看。"而那些爱打扮的女同学，就把这位女教师当成了她们穿着打扮的榜样，一时间人人都穿起了白色连衣裙，不过很奇怪的是，同样的衣服，穿在别人身上却未必好看。

在 20 世纪 60 年代初，那位女教师这样的穿着也算是朴素的，只不过她所选择的颜色和式样有些特别。用现在有些人的眼光来看，她穿得真是有点寒酸。和现在那些动辄上万的时装比起来，当时那种服装实在是简朴得不能再简朴了。可是现在回想起来，我依然觉得那位女教师的穿着很美，很高雅。我想，如果现在还有哪一位女性穿着这样的服装走到大街上，大概也不会被人觉得这是丑陋，这是寒酸。说不定，哪种新潮服装正在重复当年这种样式呢。

我们的青春时代是最不讲究服装的时代。那时的中国，男女老少，穿的衣服都差不多。所以谁的穿着如果有点个性，就会很引人注目。那位女教师，只在服饰上表现出了自己的个性和气质。如果在今天，她很可能不会引起谁的注意，因为在穿着上很得体地表现着自己的个性的人是那么多。

我并不讲究穿着，但对别人的衣着，却时常留意，因为从穿衣上往往能看出一个人的气质修养和精神状态。我心目中美的服装，和它们的价值并无联系，关键是看它们是否能得体地表现衬托穿衣人的气质，这气质不仅是外在的形体，更是一种精神和性格的体现。用价格昂贵的高级时装和首饰把自己装点得珠光宝气的人，有时往往很俗气，毫无美感。而有些穿着朴素得体的人，却往往能传达出一份高贵和典雅。其中的学问，我想可以供美学家写出一本大书来的。

2001 年冬于四步斋

饮茶和审美

　　好多年前，在墨西哥的一个名叫奎尔纳瓦卡的小城里参观博物馆，我很意外地看到几件精致的中国瓷器。这是清代中期的青花餐具，盘子和碗碟上描绘着山水人物，青白相间的色泽，很纯粹的中国情调。见我惊讶，博物馆的讲解员告诉我，这些瓷器，是当年进口中国茶叶时，放在茶叶箱中压舱的。在他们的印象中，象征中国的东西有两件，一件是瓷器，一件是茶。而瓷器往往是作为茶的陪衬。看外国人说起中国茶时那种肃然起敬的样子，不禁生出很多感慨来。

　　中国人喝茶的历史，几乎和中国经济文化的历史同样漫长。喝茶最初只是一种生理需要——解渴，但喝到后来，在茶中喝出了文化，喝出了和茶有关的艺术，喝茶的过程，成了一种审美的过程，这也是事实。古代的诗人们曾经因为喝茶写出很多绝妙的诗，我一直记得卢仝的《七碗茶诗》，写喝到好茶时的感觉："一碗喉吻润，二碗破孤闷。三碗搜枯肠，惟有文字五千卷。四碗发轻汗，平生不平事，尽向毛孔散。五碗肌骨清，六碗通仙灵。七碗吃不得，唯觉两腋习习清风生……"喝茶喝到去烦解闷，下笔有神，一直到飘飘欲仙，那是怎样一种境界？现代人能想象否？

　　我们这代人经历过的时代，喝茶和审美，和精神活动，

饮茶

几乎失去了联系。如果喝茶喝得讲究一些，就可能被人斥之为"资产阶级生活方式"。在文学作品中，凡是那些太讲究喝茶的人，总不会是正面人物。与此相联系的是，和茶有关的艺术，纷纷失踪或者退化，茶馆关门了，精致的茶具看不见了，新的茶诗根本不可能出现，连村姑们的《采茶歌》也不能唱，只有一首《挑担茶叶上北京》……

不过，这样的时代已经过去。现在，谈论茶文化又变得时髦起来，全中国到处都有博古通今的茶文化专家出现，书店里到处可以见到和茶文化有关的书籍，仿佛陆羽在一夜间复活，而且变成一个三头六臂、神通广大的人物，无时不在，无处不在。这当然是一件好事情，也可能是一种矫枉过正。遗憾的是，我们的世界并没有在一夜间变得到处茶香飘绕、茶乐悠扬。把喝茶和审美联系起来的过程，大概不会是一个太短促的过程。其实，在古代中国，能写出《七碗茶诗》的人，也是极少数的几个，大多数人的喝茶，还是为了解渴，他们没有这样的氛围，没有这种闲暇，也没有这种想象力。现在的情况大概也是这样。所以要想恢复古典的茶道，譬如像日本人那种表演性很强的过程繁琐的茶道，现代的年轻人恐怕难以接受，这很自然。

现代人如何将喝茶和审美联系起来？我想，除了了解中国人喝茶的历史以及一些和茶有关的文化，最重要的还是要学会如何品茶。这里面的学问，绝不是一篇短文用三言两语能讲清楚的，人人都可以在喝茶时自己去体会。我的一位朋友曾经总结出品茶的五个要素，所谓品茶，须有好的茶叶、好的水、好的茶具、好的环境、好的心情。他的看法自然很有道理，不过真的备齐这五个条件恐怕也难。我以为，现代人的品茶，应该变繁琐为简洁，变冗长为紧凑，倘若有好的茶水，再加上好的心情，那么，喝茶或许便能成为一种审美，试想一下，喝茶时，看杯中的翠叶在碧水中游动，被一阵阵幽幽的清香笼罩着，眼前自会幻化出清新的风景，青山绿水，碧野芳草，幽谷飞瀑，桃云柳烟……一杯清茶把人引入气象万千的大自然，那是何等的美妙！

我想，如果中国人能把抽烟喝酒的劲头都改变成讲究喝茶，把酒桌上吆五喝六猜拳劝酒的噪声、牌桌上吞云吐雾的浊浪都改变成茶的清香，那么，我们这个民族的形象也许会变得更文雅一些，更高雅一些。

1994 年 3 月 10 日

家之美

家，是生命的摇篮，生活的港湾，是芸芸众生赖以生存的巢穴。拥有一个美丽温暖的家，是所有人的梦想。这梦想得以实现，说难则难，说易也易。说难，有人以金碧辉煌为美，以盖世豪华为美，"美哉轮焉，美哉奂焉"，这样的家，是空中楼阁，是海山仙山，对大多数人都是遥不可及的幻想。说易，有人以温馨适宜为美，以自然舒心为美，这样的家，可宽可窄，不拘形式，只要居住者觉得舒服合适便好。孔夫子说："饭疏食饮水，曲肱而枕之，乐亦在其中矣。"便是此理。

《周易》有云："上古穴居而野处，后世圣人易之以宫室。"使人类登堂入室，结束穴居野处的人，是了不起的智者。在人类的文明史上，这一步进化，可算是重要一页。没有人记下这些"圣人"的名字，可数千年来人类一直沐浴着他们的智慧恩泽。原始的家居，不过是树枝草叶和岩石泥土的混合，是生存的需要，其功能只是为了能遮风避雨，为了抵御野兽的侵袭。随着人类的进步，对居室的要求也越来越高。墙加厚，楼增高，式样迭出的建筑成为人类最重要的实用艺术，形形色色的房屋是人类文明和智慧最显眼的标记。人们家里的装潢和摆设也越来越讲究，讲究情调，讲究风格，讲究人与环境的和谐。不同民族，不

。 家

同地域，不同阶层的人士，对家居有着不同的要求。这是一门艺术，它展示着人类个性，表现着人们对美和幸福的追求和憧憬。

何为家之美？

家之美，美在展示个性。金玉满堂是美，单纯空灵也是美；精致繁复是美，简朴清淡也是美。只要符合主人性情，无论淡妆浓妆，总能恰到好处。有人以现代人的心情，追寻古雅之风，此为美；有人以中国人的眼光，撷取欧美情韵，此亦为美。中西合璧，南北交汇，取天下之妙物为我所用，虽只是一鳞半爪、寸木片石，却能将奇妙风光汇集于室内，这当然也是美。居室为人而筑，为人而饰，为人所住，理应以人为本。人居其中觉得舒服适宜，心情欢悦，便为美。如家中的装饰只是为了展示炫耀，那美便会变质，便会成为生活的累赘和负担。本末倒置，何美之有？

家之美，美在贴近自然，人在四壁之内，如果和自然隔绝，会使心情荒芜，呼吸凝重。如何将小居室与大自然连接？如果开窗能见山林日月，能闻流水鸟鸣，那当然让居者心旷神怡；更多的居室，嵌于城市楼林，被钢筋水泥和砖石高墙包围，人在家中，如幽囚于箱笼之内，不见天日，何其可怜。聪明而有情趣者，能以自己的方式移植自然于室内。年轻时代，我曾经蜗居于一间没有窗户的暗室，屋内一灯烛照，四望皆壁，不知昼夜更替。有画界友人来访，环顾我居室的幽暗和窄小，顿生恻隐之心，说要为我开一扇窗户。画家言之凿凿，我却以为她说笑话。四壁之外，皆是邻家居室，如何开窗？几天之后，画家又来访赠我油画一幅。画面上，天高地阔，远山逶迤，原野中麦浪翻滚，河渠里清流奔濯……油画上墙，如洞开一扇天光斑斓的窗户，顿时满室生辉。画中自然，虽是虚假，却能引发无限遐想，使我心驰八荒，神飞九天。以画代窗，无异于望梅止渴、画饼充饥，但不失为一妙法。如想直接将自然的气息和色彩引入家中，则莫如养花植草，有几盆绿色花草点缀，室内便春意融融。如以精美的玻璃瓶和古瓷花坛插玫瑰、牡丹和蜡梅，名花名器相映成趣，当然是美事；以青花粗瓷或塑料盆碗养几棵野草蔬菜，同样美妙。记得很多年前，我父亲在洗菜之余，常常将一棵菜心和一段萝卜养在一只青花小碟中，置于窗台案头，但见绿叶飘动，其清新怡人不亚于水仙蕙兰。在我的关于家的记忆中，这是极温馨美妙的一曲。

家之美，其精髓应该是人性之美。

1999 年 12 月于四步斋

晶莹的枯叶

　　我这个人，喜爱植物，不管是花卉还是绿叶植物，我都喜欢。以前我也常常在家里养几盆花草，然而总是养不好，眼看着硕壮的花叶在盆中一天天萎缩、枯黄，任我怎样努力，总是无法挽回局面。这实在是一件痛苦而又扫兴的事情。到后来，我简直害怕在家里养那些名贵的花草，我想，大概美丽的花草都和我没有缘分。

　　有一次，在张抗抗家里发现一种我从未见过的花。这是一些由晶莹透明的小圆叶组成的花，花瓣几乎没有颜色，只是淡黄的本色，素洁而高雅，插在一个白色的瓷瓶里，看上去简直就是美妙绝伦的艺术品。

　　我起初以为这是人工制作的纸花或者绢花，但仔细看，又不像。花瓣上那些极为细致的经络和叶脉，绝不是人工所为。这是什么花呢？我问张抗抗，她笑着告诉我，这是她从法国带来的一种植物，是一些干枯的树叶。这树的名字，她也叫不出来。见我对这些树叶感兴趣，她说："我不久后又要去法国，如果你喜欢，我给你带一些回来。"

　　我以为抗抗不过随便说说而已。想不到，半年后，她真的从法国给我带来了一束这样的树叶。这一束十分脆弱的枯叶万里迢迢旅行到中国，实在不是一件容易的事情。抗抗一路上精心保护着它们，不让碰，不让压，交到我手

来自法国的树叶

中时，那一片片小圆叶依旧安然无损地挂在纤细的树枝上，微风吹来，一阵轻柔的窸窸窣窣之声，一片晶莹悦目的异国之色……

于是，我的书柜中，有了一束不会凋谢的花。所有到我书房里作客的朋友都惊异于这花叶的精致和莹洁，而且没有人想到这竟是一些干枯了的树叶。而我，看着这些晶莹美丽的植物，感受到的不仅是大自然的奇妙，还有友谊的珍贵和温馨。

1993 年 5 月 9 日